お世継姫と達人剣
越後の百合花

八神淳一

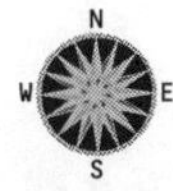

コスミック・時代文庫

この作品はコスミック文庫のために書下ろされました。

目次

第一章　百合姫

一

徳川十一代将軍家斉の世。

信州 黒崎藩五万石の江戸藩邸。

藩主の嫡男である高時はひとり自室であぐらをかき、目を閉じていた。

これから、見合いである。相手は幸田藩の姫である初音ではなく、越後の戸嶋藩主の次女であった。

高時の心の中には、初音があった。初音の姿が消えることはなかった。一度は初音の婿となり、五万石を捨てる覚悟ができていた。が、刺客に命を狙われ、気の迷いができてしまった。

――お命を狙われても、私とまぐわいたいですか、高時様。

刺客を斬ったあとすぐに、初音に聞かれた。あのとき、高時は即答できずにいた。命を狙われた直後だったからだ。

——まだ、お覚悟がないようですね。

失望の色を浮かべ、高時の目の前で浪人者の香坂喜三郎と口吸いをした。

あのとき初音が喜三郎の着物の帯を解き、下帯を取った。

隆々とした魔羅があらわれた。刺客を斬った直後に、魔羅を勃たせていたのだ。

一方、あのとき高時の魔羅は縮みきっていた。

あれから四月が過ぎていた。幸田藩には正式に断りを入れ、そしてあらたな婚姻の話が出ていた。

これから、戸嶋藩の姫と会う。たいそうな美貌だと聞いている。が、どんな美形であっても、初音にはかなわないであろう。初音は見目麗しいだけではなく、その躰も……女陰も……素晴らしいのだ……。

「ああ、女陰……」

高時はすでに、幸田藩の姫とはまぐわっている。乳房は豊かで、肌の肌理は細かく、尺八は極上で、女陰の締めつけは天下一品であった。

その姫がわしと婚姻したいと言っているのだ。ただし、婿入りが条件だ。

幸田藩主である彦次郎はかなりのおなご好きで、藩の中に自分専用の廓を作ろうとしていた。そのようなうつけに藩を任せることはできない。ともに幸田藩を守りたてていきましょう、と初音に言われていた。

が、彦次郎が失脚しては困る一派が、高時の命を狙っていた。

「ううむ……」

これから戸嶋藩の姫と会えば、すぐに婚姻の話は進むだろう。会ってしまえば、あとには引けない。もう、二度と初音とは会えず、まぐわうこともできない。

「ううう……」

高時はひとりうなりつづける。

「若殿、そろそろ、です」

襖の向こうに控えている近習の木島が声をかけてくる。

命をかけてまで、初音とはまぐわえぬ……。

いや、あの美貌、あの、乳、あの尺八、あの女陰……忘れられるのか。

「若殿っ」

「わかっておる」

高時は立ちあがった。袴を着けるべく、木島を呼ぼうとした。

そのとき天井が開き、黒装束の曲者がすうっと飛び降りてきた。

曲者っ、と叫ぶ前に、口を塞がれた。

そして、もうひとり黒装束の曲者が降りてきた。

あとから降りた曲者が、覆面頭巾を取った。

「ううっ……」

初音であった。

初音が近寄ると、口を塞いでいた曲者が脇にずれた。

「お久しぶりです、高時様。初音との口吸い、お忘れではないですよね」

と言うなり、初音が高貴な美貌を寄せてきた。

あっと思ったときには、唇を押しつけられていた。ううっ、と開いた口に、すぐさまぬらりと舌が入ってきた。高時の舌がからめとられる。

甘い……ああ、なんて甘い唾なのだ……。

高時は初音の舌に応えていた。高時からも舌をねっとりとからめていく。

「うんっ、うっんっ」

初音の甘い吐息に、躰が疼く。

唇を引くなり、初音が黒装束の帯を解き、前をはだけた。

「おうっ」

高時はうなっていた。いきなり、白い乳房があらわれたのだ。

いや、乳房だけではない。下腹の陰りもあらわになっていた。

「若殿、どうかなされましたか」

木島が襖越しに聞いてくる。

「なんでもない。しばし、待て」

高時は手を伸ばしていた。が、乳房をつかむ直前で、初音が躰を引いた。

それを追うように、手を伸ばす。が、つかめそうでつかめない。高時の前で、たわわに実った乳房が誘うように揺れている。

「初音姫、乳をっ」

と、思わず声をあげる。

「若殿っ、今、なんとおっしゃいましたか」

と、襖の向こうから、木島が問うてくる。

「なんでもない。なんでもないぞ」

さあ、乳を、と手を伸ばすが、つかませない。高時は前のめりになった。勢いあまって倒れ、初音の胸もとに顔を埋めていった。

顔面がやわらかなふくらみと甘い匂いに包まれる。高時はおのれの立場も忘れ、ぐりぐりと初音の乳房に顔面をこすりつづける。

「これから、なにをなさるおつもりなのですか」

乳房を委(ゆだ)ねつつ、初音が小声で聞いてくる。

「いや、その……」

「黒崎藩五万石の若殿であられる高時様が、まさか命が惜しくて、幸田藩への婿入りの話をなしになさるおつもりではないですよね」

「う、うう、うう……」

断りを入れたはずでは、と答えたが、乳房に顔を埋めたままで、うめき声にしかならない。が、乳房から顔を引く気にはならなかった。

このままずっと初音姫の乳房に顔を埋めていたい。

最初に降りてきた黒装束の曲者が、高時の着物の帯に手をかけてきた。

「ううっ」

なにをするっ、と声をあげたが、うめき声にしからない。その間に、着物の前をはだけられた。

すると、初音のほうから乳房を引いた。

はあはあ、と高時は深呼吸をする。その間に、初音がその場に膝（ひざ）をついた。そして、下帯に手をかけてくる。

「初音姫……なにを……」

なさる、と問う前に、初音の手で下帯を取られた。弾（はじ）けるように魔羅があらわれる。初音と口吸いをしたときから、ずっと鋼（はがね）のようになっていた。

「まあ、頼もしいですわ、高時様」

そう言って、初音がちゅっと先端にくちづけてきた。

「ううっ……」

高時は腰をくねらせ、うなる。

「若殿っ、百合（ゆり）姫がお待ちですっ」

と、襖の向こうから、木島の声がする。

「あら、百合姫とおっしゃるのですか。かわいらしいお名前ですね」

高時を見あげながら、初音がちゅちゅちゅっと裏の筋に唇を押しつけてくる。

「あうっ、うう……」

四月ぶりに裏筋に初音の唇を受けて、高時は躰を震わせる。どろりと先走りの汁が出る。

「あら」

と言って、初音がそれをぺろりと舐めてくる。

「あうっ」

「若殿っ、どうなされましたかっ」

「入ってくるなっ、う、ううっ、木島っ」

と、高時は告げる。

「若殿っ、失礼いたしますっ」

と叫ぶと、木島が襖を開いた。その刹那、初音がぱくっと鎌首を咥えてきた。

「あうっ」

「若殿っ」

木島は初音姫に魔羅の先端を咥えられている高時に釘づけになっていた。

それゆえ、背後からすり寄った黒装束の曲者に気づくのが遅れた。うなじに、手刀を落とされ、ううっ、とよろめいた。さらに曲者が背後から首に手をまわしてきた。

ぐぐっと締めあげられる。うめきつつも、木島は甘い体臭を嗅いでいた。

おなごか、と思ったときには、すうっと意識が薄れた。

「うんっ、うんっ、うっんんっ」

絞め落とされていく近習を見ながら、高時は初音の尺八に腰をくねらせつづけていた。この快感から逃れることはできなかった。

木島を落とした曲者が、覆面を取った。目を見張る美貌があらわれる。

初音のおつきの忍び、あずみである。

初音が魔羅から唇を引いた。唾を散らしつつ、初音の美貌の前で跳ねる。

「元気ですね、高時様」

初音が反り返った魔羅に頬ずりしてくる。

「わしは……その……」

「なんですか」

「行かねばならぬのだ……戸嶋藩の姫を待たせておるのだ」

「それがどうかしたのですか」

初音が立ちあがり、黒装束を脱ぎ捨てると、高時を押し倒してきた。黒装束の下には、なにも身に着けていなかった。いきなり割れ目があらわれる。

畳の上に仰向けに倒れると、腰を初音が白い太腿で跨いできた。

天を衝いたままの魔羅を逆手で持ち、腰を落としてくる。

「ならん……行かねば……ならぬのだ……」

「そうですか」

先端に割れ目が触れた。初音は一気に咥えこんではこなかった。先端をぴっちりと閉じた割れ目でなぞってくる。

「あっ、入れぬのかっ、初音姫、そのために藩邸に忍んできたのではないのか」

「欲しいですか、高時様」

高時を見下ろしつつ、初音が聞いてくる。割れ目で鎌首をなぞりつづけている。

「初音どの……」

高時をこうやって見下ろすおなごなど、この世にいない。初音だけだ。しかも初音に見下ろされると、躰がぞくぞくするのだ。初音にならもっと、じらされたい、とさえ思ってしまう。

「欲しい、欲しいぞ」

「あら、気が多いのですね。これから、百合姫とお見合いなさるのでしょう。戸嶋藩三万五千石の姫を娶(めと)られるのでしょう。二万五千石の姫の女陰に入れてもよいのですか」

そう言いながら、初音自ら、おさねを鎌首に押しつける。

「あっ、あんっ……」

半開きの唇から甘い喘ぎが洩れ、眉間に縦皺が刻まれる。

高時は惚けたような顔で、そんな初音姫の美貌を見あげている。

「入れてくれ、ああ、入れてくれ」

「どちらを選びますか。今、決めてください」

ふたたび割れ目で鎌首をなぞりつつ、初音が聞いてくる。どんどん先走りの汁がにじんでいる。初音の割れ目が白く汚れていく。

「もちろん……」

「もちろん……」

「あっ、若殿っ、なりませんっ」

目を覚ました木島が叫ぶ。起きあがろうとするが、背後からあずみが羽交い締めにする。

「ううっ、放せっ、おなごっ」

木島は振り向く。目を見張る美貌に、はっとなる。

その口に、あずみが唇を押しつける。ぬらりと唾を入れていく。ごくりと飲んだ木島の力が抜けていく。

「さあ、どうしますか。入れたいですか」

「入れたい……しかし、もう話は進んでいるのだ」

「あら、そうですか」

と言うと、初音が腰を落としてきた。ずぶずぶっと垂直に高時の魔羅が初音のぬかるみに入っていく。

「おうっ、これはっ」

瞬く間に先端からつけ根まで燃えるような粘膜に包まれ、高時はうなった。

が、すぐに女陰は引きあげられる。

「えっ……なぜだっ」

「百合姫の女陰に入れてくださいな」

初音がそう言う。

「待てっ、待ってくれっ、初音どのっ」

高時の魔羅は初音の蜜でどろどろになっている。初音の女陰は大量の蜜であふれていたのだ。

「なんですか」

初音が美しい黒目で見下ろしている。

「断る。戸嶋藩との縁談はなかったことにする」

「真（まこと）ですか」

と言いながら、初音が腰を下ろしてきた。

二

ふたたび、高時の魔羅が燃えるような粘膜に包まれていく。

「あうっ、うんっ」

「うう、うう……」

初音が火の息を吐き、高時がうめく。

初音はすべて女陰に呑（の）みこむと、ゆっくりと股間をうねらせはじめる。

「あ、ああ……」

高時のほうが先にうなる。

初音はのの字を描くように腰をうねらせている。それにつれ、見事なお椀形（わんがた）の乳房もゆったりと揺れる。

淡い桃色の乳首はつんとしこっている。腰は折れそうなほどくびれている。

「いかがですか、高時様」

「ああ、極上だ、初音どの。ずっと、こうしていたい」

「初音も、こうしていたいです」

「喜三郎とはどうしている」

「あら、気になるのですか」

初音の女陰がきゅきゅっと締まる。

「まぐわっておるのか」

「いいえ……この四月、一度も会っていません」

「そうなのか」

「喜三郎様は美緒さんと夫婦におなりになりました」

「そうか」

この四月の間、初音が喜三郎と会っていないと聞いて、高時は安堵した。

「高時様こそ、どこぞのおなごとまぐわっておられたのではないですか」

と、初音が聞いてくる。

「誰ともまぐわっておらぬ」

「真ですか」

と聞きつつ、初音が上下動をはじめた。高時の魔羅が強く上下にこすりあげられる。

「う、ううっ……」

「真に四月もこの魔羅を女陰に入れていないのですか」

初音が腰を上下させつつ上体を倒し、高貴な美貌を寄せてくる。ちゅっと唇を重ねつつ、

「真ですか」

と、火の息を吹きかけるようにして聞く。

「ううっ、真だっ……初音どのの女陰しか入れておらぬっ」

偽り（いつわ）ではなかった。初音の女陰を知ってしまった今、ほかの女陰に入れようという気にはならなかった。

「それなら、私を奥方するのがいちばんではないのですか」

「うう、そうであるな……」

確かに、初音の女陰にしか入れる気がしないのであれば、命がけでも幸田藩に婿入りするしか道はないのだ。

初音が腰を引きあげていく。割れ目から、蜜まみれの魔羅があらわれる。

「どうした、初音どの」

まさか、これで終わりなのか。

初音が立ちあがった。そして、こちらに華奢(きゃしゃ)な背中を向けると、四つん這(ば)いになっていった。むちっと実った双臀(そうでん)をさしあげてくる。

「ああ、初音どの……」

「うしろ取りで突きたくないですか、高時様」

「突きたいっ、突きたいぞっ」

高時は叫び、起きあがる。そして初音の尻たぼをつかむと、鋼のままの魔羅の先端を尻の狭間(はざま)に入れていく。先端が割れ目に届こうとしたとき、初音が割れ目をずらした。

「婿入りすると約束してください」

「そ、それは……」

「できぬのなら、うしろ取りはゆるしません」

「そんな、殺生(せっしょう)な……」

入れたい一心の高時は、情けない声を出す。

「入れさせてくれっ、初音姫っ」

そう叫ぶと、尻たぼをぐっと引きよせ、魔羅を突き出す。先端が割れ目にめりこもうとした刹那、背後から羽交い締めにされた。

「なにをするっ」

美形の忍びに動きを止められる。腰を突き出すも、鎌首は初音の割れ目にめりこまない。

「木島っ、起きろっ」

高時が叫ぶと、木島が目を覚ました。

「若殿っ」

初音姫とうしろ取りで繋がろうとしつつも、美形の忍びに羽交い締めにされている高時を見て、目を見張る。

「この忍びを離せっ」

はっと木島が起きあがり、美形の忍びに迫る。

「若殿を放すのだっ」

美形の忍びは高時を羽交い締めにしまま、牽制するように右足を蹴り出してくる。木島はなかなか迫れない。

その間も高時は初音の割れ目を突こうとしていたが、ぎりぎりで突けずにいる。

「婿入りするとおっしゃればすぐに、うしろ取りで入れることができますよ、高時様」

「あ、ああ、婿入り……」

「なりませんっ。これから戸嶋藩の姫と見合いなのですぞっ、若殿っ」

木島が忍びに突っこんでいった。が、美形の忍びが伸ばした足先が、木島のあごに炸裂(さくれつ)し、一発で伸びてしまう。

「木島っ、役立たずめっ」

どなりつつ、ぐっと腰を突き出すと、鎌首が初音の中にめりこんだ。

「ああっ、姫っ」

鎌首だけ入った状態で、高時は腰をくねらせる。それ以上は突けない。

「もっと、奥までっ、頼むっ、初音どのっ」

「婿入りを約束しますね」

「ああっ、するっ、約束するっ」

そう叫ぶと、初音のほうから尻を押しつけてきた。鎌首しか入っていなかった魔羅が、ずぶずぶと女陰にめりこみ、すべて包まれた。

「おうっ、初音姫っ」

高時は雄叫びをあげて、初音をぐいぐい突いていく。

三

同じ頃――同じ藩邸の座敷に、戸嶋藩主の次女である百合が座っていた。

その佇まいは京人形のようであった。越後一の美形と謳われていた。

静まり返った座敷に、遠くから男の雄叫びらしきものが聞こえてきた。

「なにかしら」

と、そばに控える近習に百合が問うた。

「なんでしょうか」

おうおうっ、と聞こえつづけている。

「気になりますね」

百合が、すでに座している黒崎藩の江戸家老である佐野義昌を見つめる。

「そうですね」

佐野は越後一の美形姫に見つめられ、声をうわずらせている。

「おう、おうっ」

高時はひと突きごとに、雄叫びをあげていた。

初音姫をうしろから突く快感は、この世のものではなかった。蜜があふれる女陰の締めつけはもちろんのこと、高貴な姫を四つん這いにさせ、尻から突いているその眺めに全身の血が沸騰していた。

劣情のまま突いていると、はやくも出そうになってきた。

まだ、初音をいかせてはおらぬ。いかせることなく、こちらが出してしまえば初音は失望するだろう。喜三郎と比べて、弱いのね、と思うに違いない。

喜三郎には負けたくない。あれは、一介の浪人にすぎぬのだ。わしは五万石の跡取りなのだ。

魔羅の格がまったく違うのだ。

「あ、ああ……」

出そうになり、高時は情けない声をあげる。突きの勢いが弱くなる。

「どうなされましたか、高時様」

と、初音が細長い首をねじり、四つん這いのまま、こちらを見た。

初音の瞳は妖(あや)しく潤(うる)んでいた。その目で見つめられた刹那、高時は暴発させていた。

「おうっ、出るっ」

と叫び、射精させる。

「あっ……」

初音の眉間の縦皺が一瞬深くなったが、気をやった様子はなかった。不覚を取ったと思ったが、射精を止めることはできない。

高時はうしろ取りの形で、初音の女陰に白濁を注ぎつづける。

「静かになりましたね」

と、百合が言う。

「そうですね」

話しかけられるたびに、佐野は躰を震わせる。

「あっ」

と、百合が声をあげる。

「どうなされましたか、姫」

と、近習が案じるような目を向ける。

「あれは、もしや高時様では……」

「えっ」

「どこかが痛んで、それで苦しんでおられるうめき声ではなかったでしょうか」

「えっ」

「きっとそうです。痛みに苦しんでおられるのです。そうでなければ、こんなに待たせることはないはずです」

「そ、それは……加瀬（かせ）、若殿を見てきなさい」

と、佐野がそばに控える藩士に向かって命じる。

「おうっ」

と、また遠くから雄叫びが聞こえてきた。

「私が参りましょう」

と、百合が立ちあがった。案内（あない）しなさい、と加瀬に命じる。

「姫様、ここを動かれないほうがよろしいかと思います」

と、近習が止めようとする。

「これだけ待たせるのはおかしいではありませんか。きっと、高時様になにかあるのです」

と、百合が言った。

同じ頃——高時は腰をくねらせながら、うめいていた。

膝立ちの股間に、初音が美貌を埋めていた。出したばかりの魔羅に吸いついていた。

女陰から抜くとすぐに、初音が汗ばんだ裸体の向きを変えて、四つん這いのまま迫ってきたのだ。そして、精汁まみれの魔羅にしゃぶりついてきていた。

「おう、おうっ」

またも雄叫びをあげる。あげずにはいられない。

「うんっ、うっんっ」

たった今、たっぷりと初音の中に出したばかりであったが、萎(な)えるときも与えることなくしゃぶりつかれ、吸われていると、あらたな劣情の血が股間に集まってくる。それがはっきりとわかる。

初音が唇を引いた。

「おうっ、これは」

我ながら惚(ほ)れぼれするように、勃起を取り戻していた。

高時はその場に初音を押し倒した。太腿をつかみ、ぐっと開くと、間に腰を入れて、魔羅を股間に突きつけていく。

初音は高時の勢いに押されているのか、されるがままだ。

よいぞっ、次は気をやらせないと。喜三郎には負けられないっ。

高時は本手でずぶりと突いていく。白濁まみれの女陰をぐっとえぐっていく。

「あうっ、うんっ……」

初音が火の息を吐く。

奥まで突き刺すと、高時はすぐさま激しく抜き差しをはじめる。すると、

「ああっ、いいっ」

と、初音が歓喜の声をあげた。

高時は初音のよがり声に煽られて、ずぶずぶとえぐっていく。

「あ、ああっ、高時様っ」

「どうだ、喜三郎と比べて」

と、調子に乗って初音に聞く。とうぜん、高時様がいいです、という言葉を聞けると思ったが、現実は厳しかった。

「はあっ、ああ、喜三郎様なら、うしろ取りのときに、ああ、もう三度は気をや

っています」

と答えた。

「なんだとっ」

高時は初音の女陰から魔羅を引き抜くと、

「四つん這いだっ。わしがひいひいよがらせてやろうぞっ」

と叫ぶ。

「気をやらせていただけますか、高時様」

高時を妖しい瞳で見あげつつ、初音がそう言う。

「いかせてやろうぞっ。四つん這いだっ」

と、またも叫ぶ。


藩邸の廊下を先に立ち、案内していた加瀬が足を止めた。

「どうなされましたか」

と、百合が聞く。

「いや……その……」

「四つん這いだっ」

廊下の奥からはっきりと、若殿の声が加瀬に聞こえていた。

「四つん這い……今、四つん這いという声が聞こえましたね」

と、百合が聞く。

「姫様、やはり座敷で待たれたほうがよろしいかと存じます」

「いかせてやろうぞっ、四つん這いだっ」

と、さらに大声が届いた。そして、そのあと、

「ひいっ」

と、おなごの甲高い声が聞こえてきた。

若殿が戸嶋藩の姫様を待たせて、どこぞのおなごとまぐわっておられるっ。にわかには信じられないことであったが、これは現実であった。

「いい、いいいっ」

「なに……おなごの声ですよね」

「姫様、戻りましょう」

加瀬は振り向き、戻ろうとした。が、百合姫は加瀬の横を通り、廊下を奥へと進んでいく。

「姫様っ、なりませんっ」

姫の手を取るわけにもいかず、加瀬はあとに従うだけだ。

「いい、いいっ、いいっ」

おなごのよがり声が近づいてくる。

百合が若殿の座敷の前で立ち止まった。

「ここですね」

「戻りましょうっ、姫」

百合が襖を開いた。


「どうだっ」

「あっ、ああ、気を、気をやりそうですっ」

「ほらほらっ、よかろうっ」

高時は初音のよがり声に煽られ、うしろ取りで突きまくっていた。汗ばんだ背中が、ぐぐっと反っていく。

「こ、これは……」

「姫様、戻りましょうっ」

聞き覚えのある声に、高時は廊下側を見た。

そこに、着飾ったおなごが立っていた。その姿は京人形のようであった。

もしや、越後一の美形っ。

「ああ、気をっ」

初音の舌足らずな声がして、いかせるぞっ、と高時はとどめを刺すべく、激しく子宮(こつぼ)を突いた。

「ひいっ、いく、いくいくっ」

初音が背中を弓なりにそらし、汗まみれの裸体を痙攣(けいれん)させた。

「おうっ」

魔羅が万力のように締めあげられる。高時は射精をこらえ、さらに強くえぐっていく。喜三郎には負けたくない一心であった。

「ひ、ひいっ、いくいく、いくいくっ」

初音はさらに裸体を震わせた。我慢の限界が来て、高時は二発目を放つ。

初音はぴくぴくと裸体を痙攣させ、そして、がくっと突っ伏した。

脈動しつづける魔羅が女陰から抜けて、初音の双臀から背中に白い礫(つぶて)が飛んでいた。

四

「お待たせしました」

上座の高時は、あらためて正面に座る戸嶋藩の姫を見た。

これは、なんと美しい。

さきほどは初音を突きながら目にしていたが、こうしてあらためてじっくりと見ると、その清楚(せいそ)で可憐(かれん)な美しさに打たれていた。

高時は座布団を脇にやり、じかに畳に正座をすると、

「申しわけありませんっ」

と、額を畳につけた。

「若殿っ」

「高時様っ」

お互いの近習が驚きの声をあげる。

百合も目をまるくさせていた。かなりの間、待たせたとはいえ、五万石の若殿が額を畳にこすりつけたのだ。

「すべてが私の不徳のいたすところ。このお話はなかったことにしてください」

と、若殿自らその口で、断りを入れていた。すると、

「お待ちください」

と、百合が言った。

「面をお上げください」

高時はなおも額を畳にこすりつけている。これが精いっぱいの誠意であった。見合い相手を待たせておいて、別の姫とまぐわっていたのだ。しかも、それを見合い相手に見られたのだ。どんな言いわけも通用しない。

「高時様、お顔を見せてください」

と、百合が言う。その透きとおるような声に、高時は心が洗われる。

「おねがいします」

と、百合に言われ、高時は面を上げた。

百合がまっすぐ見つめている。濁りのまったくない、すんだ美しい瞳だ。清楚な美貌に感嘆するも、それゆえ、おのれのような劣情に溺れてしまった男にはふさわしくない姫だとも感じた。

「ゆるしません」

と、百合が言った。

「姫様……」

と、近習が案じる声をあげる。

「どうなされますか。百合どのの好きなようになさってください」

「嫁入りの話、なかったことにするというのをゆるさないと言っているのです」

「えっ……」

高時だけではなく、お互いの近習たちも目をまるくさせた。

「今、なんと言われた」

「私は破談にする気などありません」

「しかし……」

「お相手はどこぞの姫なのでしょうか」

「えっ……」

「高時様がうしろ取りで突いておられた裸のおなごです」

可憐な姫の口から、うしろ取り、突いておられる、という言葉が出て、さらに高時や近習たちが驚く。

「いや、それは……」

「教えてくださってもよろしいでしょう。私は高時様の奥方になるのですから」

「なんとっ」

「そのために、ここにいるのですから」

「しかし……」

「あのおなごは姫ですか」

「いや、それは……」

「獣のようでした」

「け、けもの……」

「はい。高時様ではなく、裸のおなごのほうです。四つん這いになり、うしろから突かれて、獣のようによがっていました」

「そ、そうですか……」

「私も……」

そこで、百合が頬を赤く染めた。抜けるように色が白いため、恥じらいの赤がはっきりとわかった。

「あの姫が……うらやましいと思ったのです」

「えっ……」

「私も……獣に……なってみたい……と思いました」

「百合どの……」

ふたりきりなら、一気にそばに寄り、百合姫を抱きしめるところであった。

いや、今、そうしてもよいのでは……。

百合は近習たちの前で、獣になってみたいと告白したのだ。清楚で可憐な京人形のような顔で、そう言ったのだ。

「姫様は動揺なされておられます」

百合の近習がそう言う。

「動揺などしていません。嫁入りの話、続けるとおっしゃってください」

頬を赤く染めたまま、百合がそう言った。

思わぬ展開に、高時はうなる。

百合姫が怒らなかったのは助かったが、嫁入りしたいと言われると困惑する。

京人形のような美貌に打たれたが、初音の女陰の感触が、はっきりと魔羅に残っているのだ。

四月ぶりにまぐわった初音姫は、やはり極上であった。あの美貌、あの躰を忘れることはできない。五万石を捨てて幸田藩に婿入りすれば、あの躰を夜ごと、いや毎朝抱くことができるのだ。

百合姫を前にしながら、高時は初音とのまぐわいを思い出し、魔羅を疼かせていた。

「ああ、今、あの獣のような姫を思い出したのですね」

と、百合が言った。泣きそうな顔になり、美しい瞳に涙を浮かべはじめる。

「姫様っ」

近習があわてる。

百合の瞳からひとすじ、涙の雫が流れていく。

不謹慎ながら、高時は見惚れていた。なんと美しい涙なのか。しかも、悋気で涙を流しているのだ。

百合は涙を拭うことなく、高時を見つめている。

「私も獣になってみたいのです……もう、お人形には飽きあきしました」

「姫様っ」

近習が狼狽えている。

「高時様のもとに嫁げば、お人形扱いではなく、ひとりのおなごとして……接してくださると思ったのです」

「うしろ取りで突いてあげますよ、姫」

思わず、そう口にしてしまう。

「若殿っ」

江戸家老の佐野が、たしなめるように声をかける。

「嫁入りの話、続けてくださいますよね、高時様」

「それは……」

「ああ、やはり、あの獣がよろしいのですね……ああ、四つん這いの姿……私も心の臓が早鐘を打ちましたから……」

「姫様っ」

百合の近習もたしなめるように声をかける。

「日をあらためましょう」

と、佐野が言い、百合姫の近習もうなずいた。

そんななか、百合は泣き濡れた瞳でじっと高時を見つめていた。

高時は初音の女陰を思いつつも、目の前の清楚で可憐な姫にも心を動かされつつあった。

五

「いろはにほへとっ」

「ちりぬるをっ」

子供たちの元気な声が響き合っている。

「よくできました」

美緒は笑顔で、子供たちを見まわす。

呉服問屋の大垣屋が用意した手習い所は子供たちでいっぱいであった。

以前は妙蓮寺の本堂で寺小屋をやっていたのだが、住職の珍念と肉の関係を持ってしまい、それを断ちきり、縁あってあらたな手習い所をはじめていた。

四月経ち、大店の子たちが多く通ってくるようになり、手習い所は順調だった。

が、美緒の顔色というか、肌の艶はすぐれなかった。

四月前、美緒はようやく香坂喜三郎と夫婦になり、いっしょに住むようになった。夫婦になってすぐは夜ごと、まぐわっていたが、そのうちまぐわう回数が減ってきていた。

喜三郎におなごができたのかと疑ったが、そのようなことはないようだ。幸田藩の初音姫とも会っていないらしい。

もしや喜三郎に飽きられたのではないだろうか……私というか、私の躰に……喜三郎と仲はよい。穏やかなときを過ごすようになっていた。が、それがいけないのかもしれない。

夫婦になり、男と女ではなくなってきている気がする。

ふとしたときに、珍念を思い出す。妙蓮寺のご本尊である愛染明王の前での、激しいまぐわいを思い出し、躰を疼かせることが増えていた。

大垣屋の主である誠一郎が姿を見せた。誠一郎はときおり顔を出しては、娘である瑞穂の姿を笑顔で見ていたが、このところ、誠一郎の視線が美緒に向けられるようになっていた。

もしや誠一郎は、私に……。

美緒は父の汚名をすすぐべく西国の藩より江戸に来て、仇を討つために、仇である元勘定方の成瀬監物とまぐわい、さらに吉川家の汚名返上と喜三郎の仕官のために、江戸家老の間宮光之助ともまぐわっていた。

元勘定方の魔羅でおなごにされ、江戸家老と住職の魔羅で、おなごの喜びを躰に植えつけられた。

もちろん、その間に喜三郎ともまぐわっていたが、喜三郎以外の三人とのまぐわいが、牡を引きよせる躰に変えてしまったのではと思うようになっていた。

誠一郎は大店の主にもかかわらず、妾を持たず、奥方ひとすじである。娘の瑞穂をなによりかわいがる、最良の夫であり、父親である。

が、そんな誠一郎がちょくちょく手習い所に顔を出し、ときおり射るような目を美緒に注ぐようになっていた。

このままでは間違いが起こってしまうのでは。

いや、私が気をつけていれば、間違いなど起こるはずはない。が、珍念のときも、そう思っていたのだ。けれど、珍念のねばついた視線に躰が疼くようになり、間違いを起こしてしまった。

今も誠一郎の視線を受けて、躰を熱くさせている。

ああ、私の躰、いったいどうなってしまったのだろうか。西国にいたときの、生娘の頃に戻りたい……。

誠一郎はよき夫であり、よき父親なのだ。誠一郎の平和な家を壊してはいけない。手習い所を用意してくれた恩を仇で返すことになってしまう。

「よく書けていますよ、瑞穂ちゃん」

いろはは、と書かれた習字に、美緒は朱色の丸をつける。すると、瑞穂がそれを掲げ、お父様っ、と誠一郎に見せる。

「よくできたな」

と、笑顔を見せるが、その視線はほかの子供の習字を見ている美緒のうなじや、小袖越しの尻に、ちらちらと向けられていた。

美緒はうなじに視線を感じていたが、振り返らなかった。振り返り、目が合ったら、腰巻の奥が痺れてしまいそうで怖かった。

「美緒先生、今日も、ありがとうございましたっ」

手習いの時間が終わり、子供たちがいっせいに帰っていく。美緒はひとりであと片づけをはじめる。

「今日も、ありがとうございました」

誠一郎の声がして、文机の横に膝をついて紙を拾っていた美緒は、見あげた。

ちょうど、誠一郎の股間あたりに顔が迫り、どきりとする。

「瑞穂がどんどん字が書けるようになって、喜んでおります」

「瑞穂ちゃん、とても勉強熱心ですから」

立ちあがればいいのだが、なぜか立ちあがれない。男の股間が目の前にあると、尺八を吹かなければ、と思ってしまう。

なんてことだろう。なんてふしだらなおなごになってしまったのか。

そもそも、私は喜三郎様の妻にふさわしいのだろうか。

誠一郎が一歩踏み出した。股間が迫り、そのままでいた美緒の小鼻に着物が触れた。

「あっ……」

ぞくぞくとした快感が走った。美緒は顔を引かず、誠一郎も躰を引かなかった。むしろ美緒が顔を引かないのを見て、股間を押しつけてきた。

牡の匂いを感じた。誠一郎に牡を感じ、美緒の躰は火照(ほて)っていく。

「お父様」

手習い所の出入口から瑞穂の声がした。

美緒ははっとなり、股間から顔を引いた。瑞穂が来なかったら、どうなっていたのだろうか。美緒は自分の躰が怖くなった。

六

同じ頃、香坂喜三郎は真中屋にいた。

長女の一花の祝言が行われていた。喜三郎は招待を受けて、末席についていた。

「高砂や　この浦舟に　帆を上げて」

三三九度が終わり、能の謡が広々とした座敷に響いている。

四月前、屋形船で真中屋の姉妹である一花と比奈は、喜三郎の魔羅を貪っていた。そこに幸田藩の姫である初音が乗りこんできて、一花と比奈を圧倒して、喜三郎の魔羅を貪り食ったのだ。

そんな初音には勝てないと思ったのか、そのあと一花はすぐに婿を取ることを承諾したのだ。

真中屋には娘しかおらず、跡継ぎ問題があったが、長女が婿を取ることで解決していた。

白無垢姿の一花は美しかった。どこからどう見ても、清楚な生娘にしか見えなかった。が、すでに喜三郎の魔羅で妹の比奈といっしょに処女花を散らされ、何度となく精汁を子宮で受けていた。

尺八の技もかなり長けている。今宵、それを婿に披露するのか。いや、きっとおぼこのように床で震えてみせるだろう。

おなごは怖い生き物だ。

謡も終わり、列席者が花嫁花婿に挨拶に向かう。喜三郎も末席より向かう。すると、

「香坂様」

と、声がかかる。比奈であった。こちらも目を見張るように美しい。しかも、生娘にしか見えなかった。列席している独り者の若旦那連中の視線を、比奈は一身に集めていた。

「よい祝言であるな」

「これで、香坂様の魔羅は比奈だけのものになりましたね」

美貌を耳もとに寄せて、比奈が火の息を吹きかけるようにそう囁いた。

ひいっ、と思わず、素っ頓狂な声をあげてしまう。若旦那連中がにらみつけている。一花もじっとこちらを見ている。

「わしは美緒と夫婦になったのだ」

「そうでした……忘れていました……」

喜三郎は比奈から離れ、一花に祝いの言葉を告げるために上座に向かう。

「本日はおめでとうございます」

一花と婿となった鍋島屋の次男である正次に向かって、そう言った。

「こちらは、つきそいで世話になっている香坂様なの」

一花が正次にそう紹介する。

「香坂様にはいろいろ教えていただいたの」

なにを言っているのだ、一花、と喜三郎は困惑の表情を浮かべる。

「そうですか。これからも、よろしくおねがいします」

と、正次が頭を下げる。

隣で一花がぺろりと舌を出す。

喜三郎は座敷を出ると、厠に向かう。すると、

「香坂様っ」

と、背後より比奈の声がした。振り向くと、大胆にも廊下で美貌を寄せてきて、
唇を押しつけてきた。

「う、うう……」

押しやろうとするも、抱きついてきて、舌を入れてくる。

ぴちゃぴちゃと唾の音を立てて、からめてくる。四月ぶりに味わう大店の娘の唾はとろけるように甘い。

「なにをするのだ、比奈さん。誰かに見られたら、まずいであろう」

「そのときは、香坂様にお務めを果たしていただきます」

と、比奈が言う。

「お務め……」

「比奈と夫婦になってもらいます」

「なにを言っている。わしには美緒という妻がいるのだ」

「お別れになって、比奈をもらうのです」

「ばかなことを言うものではない。厠に行く途中なのだ」

と、比奈の手を振りきり、喜三郎は廊下を奥へと進む。

「香坂様、こちらに」

と、廊下の途中の襖を開き、比奈が手招きする。

まさか姉の祝言の場で、わしとまぐわうつもりなのか。

「厠だ」

「待ってますから、香坂様」

と言うと、比奈が中に入って襖を閉めた。喜三郎は厠に入り、用を足すと廊下に出た。

比奈が入った座敷を通りすぎようとすると、襖が開いた。

「おうっ」

と、思わず喜三郎は声をあげた。

比奈が腰巻一枚で立っていたのだ。目を見張る喜三郎の前で、腰巻も取った。

四月ぶりに見る、見事な裸体である。なんといっても、比奈は巨乳であった。

「さあ、どうぞ、香坂様」

と、比奈が手招きする。

「いや、わしには美緒がいるのだ。もう美緒以外の女陰には入れぬのだ」

「うそばっかり。姫様がいらっしゃるじゃないですか」

四月前、大川に浮かぶ屋形船の中、一花と比奈の目の前で、初音をうしろ取りで突きまくっていた。

「初音姫の女陰にもあれから一度も入れておらぬっ」

では、と裸の比奈を置いて祝言の場所に戻ろうとした。すると、

「なにをするのですかっ」

と、比奈が叫んだ。まずいっ、と喜三郎は比奈の座敷に戻った。

「あっ、おやめくださいっ」

喜三郎は襖を閉めると、比奈に近寄り、叫ぶ口を塞ぐようにおのが口をやわらかな唇に押しつけた。

「う、ううっ、ううっ」

比奈はなおも叫びつづけている。比奈の舌に舌をからめつつ、巨乳をむんずとつかんだ。こねるように揉んでいく。すると、

「あう、うう……」

と、叫び声が、甘い喘ぎに変わる。

ここで人を呼ばれたら、喜三郎はお終いである。散らばった小袖や腰巻を見て、裸の比奈を見れば、百人が百人、喜三郎に襲われたという比奈の言い分を信じるだろう。

喜三郎は左手を恥部に向ける。おさねを摘まむと、ぴくぴくと比奈の裸体が動く。

「ああ、魔羅を……香坂様」

唾の糸を引きつつ唇を引くと、比奈がそう言った。

「魔羅は出せぬぞ、まぐわうことになる」

「あぁっ、誰かっ、助けてくださいっ」

と、比奈が叫び、喜三郎はあわてて手のひらで比奈の口を覆う。

「魔羅を出すから、叫ぶでないぞ」

比奈がうなずき、口から手を引く。着物の帯を解き、はだけると、すぐさま比奈が下帯に手を伸ばしてきた。下帯を剝ぎ取ると弾けるように魔羅があらわれる。

「ああ、うれしいです、香坂様」

「そうか……」

「だって、比奈を思って、こんなに大きくさせているのでしょう」

そう言いながら、見事に反り返った魔羅をつかみ、ぐいぐいしごいてくる。

「そうであるな、比奈」

比奈は膝立ちの喜三郎の股間に、上気させた美貌を埋めてくる。

「ああ、お汁がにじんでますね。我慢なさっていたのですね。美緒様を相手に毎晩お出しなのではないのですか」

そうでもなかった。というか、このところ美緒とまぐわってはいなかった。夫婦となると、そうそうまぐわう気がしなくなるのだ。

「我慢はいけませんよ。比奈が舐め取ってあげますね」

そう言って、ぺろぺろと先端を舐めてくる。

「う、うう……」

祝言の場を抜け出しての先端舐めは、いつもよりさらに感じた。それゆえ舐めるそばから、どろりとあらたな汁が出てくる。

「ああ、啜(すす)ってあげますね」

比奈が鈴口(すずぐち)に唇を押しつけ、ちゅうちゅうと吸いはじめる。

「う、ううっ……ううっ……」

喜三郎は腰をくなくなさせてしまう。

「ああ、女陰に欲しくなってきました。ああ、比奈にください」

「よかろう」

と、喜三郎はその場に比奈の裸体を押し倒すと、ぐっと両足を開いた。可憐な割れ目があらわれる。

一見、無垢のような花唇であるが、見るものが見れば、魔羅を咥えたことのある、おなごの喜びを知っている割れ目だとわかるだろう。

そこに、野太く張った鎌首を押しつける。

「ああ、ください、香坂様」

ゆるせよ、美緒っ。入れないと、比奈が人を呼ぶのだっ。

江戸所払いは食らいたくない喜三郎は、二度と美緒以外の女陰には入れぬと宣言しながら、鎌首をほかのおなごの割れ目にめりこませていく。

「あうっ……」

ずぶりとめりこんだ。比奈の女陰はすでにどろどろだった。窮屈な穴である。

が、間違いなく貫通している穴だ。

肉の襞がぴたっと鎌首に貼りつき、締めあげてくる。

「ううっ……」

先端をめりこませただけで、喜三郎はうなる。

「もっと奥までください、香坂様」

と、比奈が妖しく潤んだ瞳で見つめている。完全におなごの目だ。

こんな目をして、比奈は嫁に行けるのだろうか。いや、一花の生娘ぶりはどうだ。おなごはいくらでも化けられるのだ。

喜三郎は比奈のくびれた腰をつかみ、ぐぐっと埋めこんでいく。

「あうっ、ううっ」

比奈の背中が弓なりに反る。なんとも美しい弧線である。これはおなごの躰しか出せない。強烈な締めつけに耐えつつ、喜三郎は奥まで突き刺していく。子宮に先端が当たる。

「あんっ、ああっ、魔羅いい……あああ、魔羅いいです」

「嫁入り前のおなごが、魔羅を好きになってどうする」

「香坂様がいけないのです。香坂様が、比奈をこんな躰にしたのです」

一花と比奈の姉妹が喜三郎の魔羅を欲しがり、貪ってきたのだ。決して、喜三郎が比奈をこんな牝(めす)にしたわけではない。

「お務めを果たしてくださいっ」

「お務めとな……」

「姉さんは今宵から、毎晩魔羅で突かれます。でも、比奈の女陰はずっと空いたままなのです。寂しいです、香坂様」

「それは、そうかもしれぬが」

と言いつつ、喜三郎は抜き差しをはじめる。ずどんずどんと突いていく。

「いい、いいいっ、魔羅いいいっ」

ひと突きごとに、比奈が叫ぶ。

「そんな大声で泣いたら、聞かれてしまうぞ」

「ああ、いいのですっ。聞かれてもいいのですっ」

「ならんっ」

と、喜三郎は抜き差しを続けつつも上体を倒し、比奈の唇をおのが口で塞いでいく。

「う、ううっ」

火の息が吹きこまれてくる。

しかし、なんという締めつけだ。が、これでも初音姫の締めつけにはかなわない。これほど極上の女陰であっても、初音には負けているのだ。

なんという女陰なのか。

「ああ、うしろ取りで突いてください」

喜三郎はうなずくと、比奈の中から魔羅を抜いていく。

「あう、うう……」

べったりと魔羅に貼りついた肉の襞も、いっしょに引きずられてくる。

割れ目から、真っ赤に爛(ただ)れた肉の襞もあらわれた。それを振りきるように、喜三郎は魔羅を引き抜いた。

「四つん這いだ、比奈さん」

はい、と比奈は四つん這いの形を取っていく。ぷりっと張った双臀を、喜三郎に向けて、さしあげてくる。

「悪い尻だ」

尻たぼをぱしっと軽く張った。すると、

「はあっんっ」

と、甘い声をあげて、比奈が尻を震わせる。

「もっと、もっとぶってください」

こうか、とぱしぱしと左右の尻たぼを張る。軽く撫でた程度だったが、肌理の細かい肌にはやくも手形が浮いている。

「あんっ、もっと強くっ。ああ、姉の祝言の場で、まぐわう妹をもっと罰してください、香坂様っ」

「悪い妹だ」

と、今度は強めに、ぱしぱしっと尻たぼを張る。

「あうっ、うう……」

さしあげている双臀を、比奈ががくがくと震わせる。尻打ちだけで、軽くいったようだ。

喜三郎は尻たぼをつかむと、ぐっと開き、比奈の蜜まみれの鎌首を背後より入れていく。蟻の門渡りを通り、割れ目に到達する。

すぐには突き刺さず、すでにぴっちりと閉じている花唇を先端でなぞる。

「あんっ、じらさないでください……ああ、香坂様のいじわる……」

比奈は鼻を鳴らし、ほっそりとした首をねじって、こちらを見あげている。

瞳がさらに色香を増していた。

喜三郎はうしろ取りでずぶりと突き刺していく。

「いいっ」

ひと突きで、比奈が歓喜の声をあげる。

「いい、いいっ」

抜き差しするたびに、声が大きくなる。

「聞かれてしまうぞ」

「いいんですっ、ああ、魔羅、魔羅っ」

比奈が甲高い声でよがり泣いていると、いきなり襖が開いた。

終わった、と思った。

が、違っていた。そこに立っていたのは、花嫁の一花であった。

「やっぱりっ」

白無垢姿の一花が座敷に入り、襖を閉める。そして、うしろ取りで繋がったままのふたりに迫ってくる。

「かすかに聞こえたの、比奈のよがり声が」

「みなに聞かれたのか」

喜三郎は比奈の女陰から魔羅を引き抜こうとしていたが、ゆるさない、というかのように強烈に締めてきていた。

「いいえ。聞こえたのは私だけです。安心してください、香坂様」

そう言うと、白塗りの美貌を寄せてきて、妹と繋がっている喜三郎の口に唇を押しつけてきた。

喜三郎は口を閉じていたが、比奈がさらに締めてきて、ううっ、とうなると、一花が舌を入れてくる。見事な姉妹の連携だ。

まさか花嫁と舌をからませることになるとは。

比奈のよがり声が聞こえたのはうそだろう。恐らく祝言の場から、喜三郎と比奈がいなくなっていて、気になったのだろう。

「はやく祝言の場に戻るのだ、一花さん」

「私を追い出すのですね、香坂様。寂しいです。人の妻になったおなごは用なしですか」

なじるような目を向けてくる。

「なにを言っておる。おまえは正次さんの妻となったのだぞ。正次さん以外の男はだめだ」

「なにをおっしゃっているのですか、香坂様。美緒さんという奥方がいらっしゃるのに、ほかのおなごの穴に入れているのはどなたですか」

「それにはわけがあるのだ」

「私にもわけがありますよ」

と言って、またも一花が喜三郎に唇を押しつけ、ぬらりと舌を入れてくる。

「う、ううっ、大きくなりました。姉さんとの口吸い、そんなにいいんですか」

女陰で魔羅を締めつけながら、口吸いをする姉に悋気を覚えている。

「ああ、もう行かないと。厠にと言って、出てきているんです。また、香坂様」

と言うと、一花が出ていった。

またとはどういうことだ。

「ああ、突いてくださいっ」

比奈が叫ぶ。

そろそろ、戻らないとまずいだろう。喜三郎は激しく突きはじめる。

「いい、いいっ、いいっ、魔羅いいのっ」

比奈の背中がまた反ってくる。白い肌は汗ばんで、甘い匂いを放っている。

「ああ、出るぞ、比奈さんっ」

「ああ、くださいっ、香坂様っ」

ゆるせ、美緒っ。

と、とどめを刺すべく、子宮を鎌首でたたいた。

「ひいっ」

と、比奈が甲高い声をあげる。

「おうっ」

と吠(ほ)え、喜三郎は精汁をぶちまけた。どくどく、どくどくと、大量の精汁が美緒ではないおなごの子宮を白く染めていった。

第二章　毒霧女

一

江戸城、御座之間(ござのま)。

ひととおりの公務を終えると、家斉は立ちあがった。

大奥(おおおく)へと向かおうとして立ち止まり、御側御用取次(おそばごようとりつぎ)の林忠英(はやしただふさ)に、

「そうだ。幸田藩の廓(くるわ)はどうなっておる」

と聞いた。

「今、途中で止まっております」

「止まっておる……」

「恐らく、資金難ではないかと思われます」

「そうか。藩主の彦次郎が自分専用の廓を作っておると聞いたときは、期待した

のだがのう」

「資金を集めたら、またはじめると思われます」

「そうか」

家斉は大奥へと続く御鈴廊下へと向かった。

二

喜三郎は大川の河口に当たる佃島のそばにある船着場に来ていた。夜釣りをしたいという材木問屋の隠居のつきそいの仕事であった。名を初治郎というらしい。釣りなら昼間すればよいものを、夜釣りが好きらしく、つきそいを頼んでいた。

船着場に着いたが、待ち人の姿はなかった。しばらく待つことにしたが、一艘の猪牙船がすうっと迫ってきた。

「あっ」

喜三郎は目を見張った。

船頭はあずみ、そして舳先には初音が立っていた。町娘のなりをしている。

「お久しぶりです、香坂様」

猪牙船から船着場に渡り、初音が挨拶してきた。月明かりが白い美貌を妖しく浮きあがらせている。

「四月ぶりであるな」

あまりの眩しさに、喜三郎は目を細める。四月会わぬうちに、さらに美貌に磨きがかかっていた。

「初音どのが、初治郎か」

はい、と初音がうなずく。

「美緒さんと夫婦になられたそうで、おめでとうございます」

と、初音が頭を下げ、あずみも頭を下げる。

「ああ、ありがとう……初音どのは、高時様とはどうなっておるのだ」

「それが命を狙われてから怖じ気づいておられて、過日はほかの姫と見合いをなさろうとしたのです」

「なさろうとした、ということは、見合いはしていないのか」

「阻止したのですが、まだ正式に破談になっていないのです」

「阻止……もしや、躰を使ってか……」

そう言って、喜三郎はあらためて小袖姿を見る。胸もとの盛りあがりが悩ましい。

「はい。それが、まぐわっているところを姫に見られてしまったのです」

「なんとっ。それで破談になっていないのか」

「獣になりたいと」

「獣……その姫が言ったのか」

「はい。私も獣のようになってみたいと。もう、お人形扱いはいやだと……」

「そうか……」

「猪牙船に乗ってくださいな」

と、先に猪牙船に戻った初音が手を伸ばしてくる。小袖の袂がずれて、白い腕があらわになる。

それだけ見ても、どきりとする。すでに初音の裸体は何度も見ているのに、四月ぶりだと腕を見ただけでも下帯の中が疼いた。

初音の手をつかんだ。すると、初音がぎゅっと握りしめてくる。

喜三郎は猪牙船に飛び乗った。勢いあまって初音に抱きつく形となってしまう。

白い美貌が近い。初音の唇はややゆるんでいた。口吸いを求めているように見えた。

「この四月、浮気はなさっていらっしゃらないのですか」

と、初音が聞いてきた。

「浮気……しておらぬ……美緒だけである」

数日前、比奈とまぐわっていた。

「あら、どうかしら」

初音が喜三郎の目をのぞきこんでくる。心の中を見すかされそうだ。

「彦次郎様はどうなのだ。廓は完成しているのか」

と、喜三郎は話を変えた。すると、初音の顔色が変わる。

「廓はできておりません」

「そうなのか。さすがに、やめたのか」

「いいえ。お金が尽きたのです」

「なるほど……」

「それで今宵、香坂様においで願ったのです」

「どういうことだ」

「抜け荷です」

「抜け荷とな……」

「廓の金を工面するために、叔父上が抜け荷に手を出しているという噂が流れているのです」

「それはいかんな」

「はい。吉原で知り合った廻船問屋の遠州屋の手配で、南蛮のものを江戸に持ちこんで売りさばいているらしいのです」

「そうか」

「江戸藩邸の者は、どの者が叔父上の息がかかっているのかわかりません。だから、香坂様においで願ったのです」

「なるほどな」

初治郎という名を使って、付添屋経由で呼びよせたわけか。

「今宵、遠州屋の船がやってくるという話を得ました。遠州屋の船に乗りこみ、抜け荷の証をつかみ、叔父上に突きつけるのです」

「そうか」

国許に自分専用の廓を作っているだけでもまずいのに、そのために抜け荷に手を出すとは……幕閣に知れたら、幸田藩はお取りつぶしになりかねない。

しかし、彦次郎のおなご好きは家斉と一、二を争うものだな。

猪牙船が滑り出した。

佃島付近は夜中であっても船の往来が見て取れる。荷を積んだ船がいくつも通っている。

初音が釣竿（つりざお）をわたしてきた。

「釣りをしながら、待ちましょう」

そうであるな、と喜三郎は釣竿を受け取る。

「その、まぐわいを姫に見られたというのは、まともになのか」

川面（かわも）を見つめつつ、喜三郎は問う。

「気になりますか」

と、並んで釣竿を持っている初音が美貌を向ける。

「そうであるな……」

「うしろ取りで気をやっている姿を、百合姫に見られました。まずいと思いましたが、これで破談は決まりだと思ったのです」

「そうだな。が、違っていたと」

「はい。しかも百合姫は越後一の美貌と謳（うた）われていて、高時様の前で涙を流されたようなのです」

「涙を……」

「はい。詫びの場で、私のことを思った高時様を見て悋気の涙を流したのです」

「なんと……それは……」

「困りました。高時様は百合姫の涙に心を動かされたようなのです。破談はなしになり、また日をあらためて会うことになっています」

「そうか。その百合姫も江戸にいるのだな」

「はい」

「高時様が百合姫をもらったら、困るな」

「困ります。高時様にはぜひとも幸田藩に来ていただかなければなりません」

河口に大きな船が見えた。大川を上ってくる。すると、向こう岸に停まっていた荷積みの船が大きな船に向かうのが見えた。大きな船の側面に、遠州屋、と書かれていた。

「あれです」

と、初音が言い、あずみが深く棹を川面に差す。すると、滑るように進みはじめる。

遠州屋の船が停泊した。甲板より梯子が下ろされる。と同時に、縄で縛られた箱が下ろされていく。

荷積みの船が横づけされると、そこに向かって箱が下げられていく。

「あれが抜け荷です」

と、初音が言う。猪牙船を寄せていく。

「違っていたら、どうするのだ」

「間違いありません。こんな中途半端なところで荷下ろししているのが、なにより怪しい証」

箱が次々と荷積みの船に下ろされていく。四人の男が乗っていて、次々と箱を積みあげていく。

「寄せて」

と、初音があずみに命じる。喜三郎たちを乗せた猪牙船が、一気に荷積みの船に寄った。

「なんだっ。おまえたちっ」

初音たちに気づいた男たちがどなりつける。みな上半身裸で、筋肉隆々(りゅうりゅう)な躰をしていた。

初音は飛び移ると、懐から短刀を出し、手前の箱に手をかけた。

「なにをしやがるっ、おなごっ」

屈強な男たちが迫る。

「動かないでっ」

初音は男たちに短刀を突き出し、そして箱にずぶりと突き刺した。ぐぐっと短刀で裂いていく。

「なにをしやがるっ」

と、男たちが初音に迫ると、

「動くなっ」

と、初音の隣に飛び移った喜三郎が大刀(だいとう)を抜いて、制するように突き出した。

その間に、箱を開いた初音が中を見た。

南蛮ものの宝石が月明かりを受けて、きらきらと光っている。

「抜け荷ねっ」

「知らんっ。俺たちの邪魔をするなっ」

大声をあげるものの、大刀の切っ先に制されて、こちらにつかみかかったりはしない。恐らく荷を運ぶだけの仕事で、中身は知らされていないのだろう。

命を張ってまで、初音たちを追いやるつもりはないようだ。

「なにをしているのっ」

甲板からおなごの声がした。見あげると、すらりとしたおなごが見下ろしていた。

「邪魔が入って、抜け荷だと騒いでいますっ」

と、男のひとりが大声で伝える。

すると、そのおなごが縄梯子を下りはじめた。小袖の裾からのぞくふくらはぎが月明かりを吸いこむようにして、白く絖光っている。

喜三郎は男たちに切っ先を突きつけつつも、思わずふくらはぎに引きよせられる。それで隙ができたわけでもない。なぜなら屈強な男たちの視線も、縄梯子を下りてくるおなごに見惚れていたからだ。

おなごが荷積みの船に飛び降りてきた。

喜三郎を見つめている。なんとも色っぽいおなごであった。

そのおなごが喜三郎に美貌を寄せてきた。唇をとがらせたのを見て、まずいっ、と思ったときは遅かった。

唇から霧状のものを吹きかけられていた。

目の前が紫に染まったと思った次の刹那には、すうっと意識が薄れていった。

「香坂様っ……」

初音の声も遠くなり、喜三郎は崩れていった。

三

頬(ほお)に痛みが走った。

目を開くと、初音の美貌があった。

「起きましたか、香坂様」

「初音どのっ、大事ないかっ」

初音はなにも着ていなかった。あらわな乳房が重たげに揺れている。

隣にはあずみもいた。あずみも裸であった。形よく張った乳房に目を見張る。

ここはどこかの川端であった。どうやら助かったらしい。

「香坂様、あのおなごが口吸いをしてくると思ったのですね」

と、初音が聞く。

「えっ、そ、それは……」

船から下りてきたのは、なんとも色っぽいおなごであった。そのおなごが顔を寄せてきたとき、唇がわずかに開いたのだ。もしや、口吸いか、と思ったのは確かだった。

それゆえ霧をまともに顔面に受けてしまう隙ができてしまった。

「よきおなごだと、誰とでも口吸いをするのですか、香坂様」

と、初音がなじるようににらんでいる。

「いや、そのようなことは……しかしその、無事でよかった。あずみさんが助けてくれたのか」

と、あずみを見る。裸のあずみは、あの色っぽいおなごに負けないくらい、色香にあふれていた。

「香坂様が毒霧を顔に浴びた刹那、背後より姫と香坂様を引っ張ったのです。三人いっしょに大川に落ちました」

「そうか」

咄嗟の判断としては最良であった。それ以外、初音と喜三郎を同時に助ける手段はなかっただろう。

「かたじけない、あずみさん」

上体を起こすと、喜三郎は礼を言った。喜三郎も裸でいることに気づいた。しかも、魔羅が勃起していることにも……。

「私とあずみの乳を見ると、すぐに大きくさせましたね」

と言って、初音が魔羅をつかんできた。ぐいっとしごいてくる。

「ううっ、ここはどこなのだ。追っ手は大丈夫か」

うなりつつ、喜三郎はまわりを見まわす。

「追っ手は来なかったようです。それよりも、抜け荷の品を運び出すことに集中したのだと思います」

と、あずみが言う。そして手を伸ばし、喜三郎の胸板をなぞりはじめる。手のひらで乳首をこすられ、うっ、とうなる。

「なにをするのだ、あずみさん」

「なにも……」

と言いながら、胸板を撫でつづける。

「たくましい胸板ですね、香坂様。魔羅もたくましい」

と、初音の手でしごかれている魔羅を、あずみがじっと見つめる。

「なにか着てくれないか」

目の前に美貌のおなごがふたりいて、ふたりとも素っ裸なのだ。なにより腕を動かすたびに、ゆったりと揺れる四つものふくらみが目の毒だ。

「乾くまで無理です」

と、初音が答える。そばに木があり、そこの枝に三人分の衣服が干されていた。

「すまなかった。わしが不覚を取ったばかりに、抜け荷を暴くことができなかった。次からは、かなり警戒するであろうな」

「そうですね、香坂様。お務めを果たしてもらわないと」

ぐいぐいしごきつつ、初音がそう言う。

「お務めか……そうであるな」

「香坂様の魔羅をしごいていたら、変な気持ちになってきました」

と、初音が言い、高貴な美貌を寄せてくる。

いかんっ、と思ったときには、唇を口に押しつけられていた。初音は毒霧を吹いてはこなかったが、初音もしこんでいたら、また顔に浴びていたところだ。

ねっとりと初音が舌をからめてくる。

美緒の美貌が脳裏に浮かぶ。比奈といい、初音といい、口吸いをしかけられたら、すぐに応えてしまう。

これではいかんっ、美緒に申しわけが立たぬっ、と喜三郎は初音の唇から口を引いていく。

「わしは美緒と夫婦になったのだ。もう、初音どのとはできぬ」

「私とはどうですか」

と、あずみがあごを摘まみ、横を向かせるなり、唇を重ねてきた。ぬらりとあらたな舌が入ってくる。

「う、うう……」

あずみの唾は濃厚であった。からめていると、舌先からとろけていく。

「あずみ……はじめて見たわ……」

横から奪われた形の初音が目をまるくさせている。

「うんっ、うっんっ」

あずみは鼻息を荒くさせて、喜三郎の唇を貪ってくる。

「ああ、欲しいです。ああ、姫様、香坂様の魔羅をお借りしてもいいですか」

唾の糸を引くように唇を離すと、まだ魔羅をつかんでいる初音にあずみが聞いた。

「いいわよ。今宵の褒美です」

と、初音が言う。

えっ、なにっ、どういうことだっ、と思っていると、膝立ちの喜三郎にあずみが抱きついてきた。たわわに実った乳房を胸板にこすりつけつつ、魔羅の先端を割れ目でなぞっていたが、そのまま腰を下げてくる。

「あっ、あずみさんっ、なにをっ」

喜三郎の魔羅は燃えるような粘膜に包まれていく。

あずみの肉の襞がからみついてくる。ざわざわと裏の筋を刺激してくるのだ。

「ああっ、ああっ」

喜三郎が声をあげている。

抱き地蔵（対面座位）でしっかり繋がると、あずみが腰をうねらせはじめる。

「はあっ、あああ、ああっ、魔羅、香坂様の魔羅っ」

あずみはかなり昂っている。

まさか忍びのあずみとまぐわうことになるとは。しかも初音の前で、初音のゆるしを得てだ。わしの魔羅はいつの間にか、初音のものになっていたようだ。

あずみは乳房を強く押しつけ、おさねも潰さんばかりにこすりつけてくる。なにより、肉の襞が自分の意志を持っているかのように魔羅を締めつけ、魔羅を撫でまわしてくるのだ。

あずみは淫術を使うくノ一ではない。が、肉襞のねっとりとからみつく動きは淫術のようだ。

「ああ、じっとしていないで、突いてください」

女陰の貪り食らう動きだけでも、気を抜くと暴発させそうだったのだ。突きあげたら、すぐに出しそうだ。

じれたあずみのほうから股間を上下させはじめた。たわわな乳房も胸板に上下にこすりあげてくる。

「あっ、ああっ……ああっ」

火の息を吐きつつ、あずみが激しく魔羅を女陰全体でこすりあげてくる。

このまま突かずに出すのは、浪人の身とはいえ武士の名折れだ。突きあげでいかせて、それから出すのだっ。

喜三郎はあずみのくびれた腰をつかむと、突きあげはじめた。鎌首で、肉の襞をえぐりあげていく。

「ああっ、いいっ、いいっ」

あずみが叫ぶ。

「あ、ああ、気をやりそうですっ」

「ああ、わしも出そうだっ」

射精しそうになったとき、

「そこまでよっ、あずみっ」

と、初音が叫んだ。主従の関係が染みついているのか、あずみはすぐさま裸体を引きあげていく。射精寸前の魔羅がぴくぴくと動く。ぎりぎり宙に出すという失態はせずにすんだ。

「私というおなごがいながら、ほかのおなごに出すつもりだったのですか」

そんなことを言いながら、初音は手を伸ばし、あずみの蜜でぬらぬらの先端を手のひらで撫でてくる。

「う、うう……い、いや、それは……」

暴発寸前の先端を、蜜を油がわりにして撫でられ、喜三郎は懸命に耐える。ここで初音姫の指を汚すわけにはいかない。武士としての矜持だ。

「美緒さんという奥方がいらっしゃるでしょう」

「そうだ」

「では、私の中には入れませんね」

「入れぬ……」

「あら、そうですか」

初音が跨いできた。割れ目で鎌首をこすってくる。

「ああ、初音どの……なにをしているのだ……そのようなこと、姫がすることではないっ」

「はあっ、姫もひとりのおなごです。百合姫もまぐわいを見て、高時様に惚れたのです……姫でも牝なのです……いえ、姫だからこそ……獣に憧れるのです」

そう言うと割れ目を開き、鎌首を咥えてきた。初音の粘膜に包まれた刹那、喜三郎は暴発させていた。一瞬で限界を超えていた。

「おう、おう、おうっ」

喜三郎の雄叫びが大川に響く。

「あうっ、うんっ」

初音はあごを反らしつつ、脈動を続ける魔羅を咥えこんでいく。

完全に咥えこんだときに、脈動が止まった。

初音が動きはじめる。

「突いてください、香坂様」

射精させた直後の魔羅を初音の女陰がくいくい締めてくる。萎える前に、あらたな力が魔羅に集まってくる。

「ああ、初音どの……姫がこんなことは……あうっ、あ、ああんっ」

魔羅がとろけるような気持ちよさに、喜三郎は思わずおなごのような声をあげる。気をやる寸前で姫様に魔羅を取られたあずみは、真横で恨めしそうな目を向けている。

「ああ、はやく大きくしてください、香坂様」

腰をうねらせながら、初音がそう言う。

今度は初音の女陰を突きあげはじめる。すると、魔羅がぐぐっぐぐっと力を帯びてくる。

「あうっ、ううっ、すごいですっ、ああ、初音の女陰の中で……ああ、魔羅がっ、ああ、魔羅が大きくなりますっ」

もうだめ、とあずみが自ら右手で乳房をつかみ、左手でおさねを摘まみ、いじりはじめる。

「ああ、ああっ、いい、魔羅いいっ」

「はあっ、ああ、ああ、魔羅、欲しい」

姫と忍びの声が重なり合う。

喜三郎ははやくも完全に勃起を取り戻した。抜かずの二発めざして、突きあげていく。

「いい、いいっ……」

汗ばんだ乳房をぷるんぷるん弾ませ、初音がよがる。

「ああ、すごい締めつけだっ……ああ、たまらぬっ」

「まだだめですよ、香坂様っ」

初音があずみ顔負けの腰ふりを見せる。

こんな責めを受けたら、高時も初音にいちころなはずだ。が、まだ百合姫との縁談話は続いているという。

幸田藩に婿入りしようとすれば、命が危ないこともあるだろうが、百合姫というのも初音に負けないくらい、魅力的な姫なのであろう。

一度、見てみたいものだ。

「あっ、大きくなりました……ああ、誰を思ったのですか」

「もちろん、初音どのだ……」

「うそですっ。美緒さんですか。いえ、違いますよね」

喜三郎の股間で腰をうねらせながら、初音がなんでも見すかすような目で喜三郎の顔をのぞきこんでくる。

「百合姫ですね。百合姫を思って、初音の中で大きくさせたのですね」

「まさかっ……ありえぬぞ……百合姫とやらを見たこともないのだぞ」

言い当てられて、喜三郎は狼狽えていた。

「初音と繋がりながら、百合姫を思って大きくさせるなんて、ひどいです」

「だから、思っておらぬ、見たこともないのだから」

「今宵は夜明けまで帰しません」

「えっ……」

女陰の締めつけが、さらに強力になった。

「百合姫のことが頭から消えるまで、精汁を出しつづけてもらいます」

「なにを……言うのだ……」

初音が唇を押しつけてきた。

ぬらりと舌を入れつつ、股間を上下に動かしてくる。

「う、ううっ、ううっ」

さきほど一発目を出していたが、はやくも出しそうになっていた。

「ああ、出そうだっ」

「くださいっ、香坂様っ」

喜三郎は初音をいかせるべく、渾身の力で突きあげた。いけば、悋気も収まると思ったのだ。

「あうっ、い、いく……」

初音がいまわの声をあげ、汗ばんだ裸体を震わせた。とうぜん女陰も締まり、喜三郎は抜かずの二発目を放った。

「いくいくっ」

と叫び、初音が背後に倒れていった。女陰から、脈動する魔羅が抜ける。

「姫っ」

手慰みに耽っていたあずみがあわてて、初音の背を支えた。

「あずみ、次はおまえが香坂様をいかせなさい」

「よろしいのですか」

「ふぐりが空になるまで出させようぞ」

はあはあと荒い息を吐きつつ、初音がそう言う。初音ほどの姫様であっても、悋気を覚えるのか。それくらい、百合姫というのはよきおなごなのか。

ますます興味が湧いてきた。すると、二発出して萎えそうになっていた魔羅がひくひくと動いた。

「今、百合姫を思いましたねっ、香坂様っ」

「い、いや……」

否定するも、魔羅はひくひくと動きつづけた。その魔羅に、いくにいけなかったあずみがしゃぶりついてきた。

四

真（まこと）に夜が明けるまで、喜三郎の魔羅は初音とあずみに貪り食われた。

初音に三発、あずみに二発出して、ようやくゆるされた。

喜三郎はふらふらしつつ、お菊（きく）長屋に戻る。

裏長屋の朝ははやい。すでに井戸端でおかみさんたちが洗濯をしていた。

「あら、香坂様、朝帰りですか」

隣人の後家、奈美（なみ）が声をかけてきた。

「夜釣りのつきそいの仕事をしていたのだ」

「そうですか」

　奈美が洗濯物を盥に戻すと立ちあがり、こちらに寄ってくる。そして、喜三郎の着物に色っぽい顔を寄せてきた。

「おなごの匂いがしますね」

「えっ……」

「それも、違った匂いがします。ふたりもお相手なさったのですか」

「違う。夜釣りをしたのが、おなごなのだ。だから、つきそいを頼んだのだ」

「ふうん」

　奈美はまったく信じていない。

「このところ、美緒さんとまぐわっていませんよね」

「そ、そうであるな……」

　裏長屋のよいところは、家族のようなつき合いができることだが、その反面、まぐわっているかどうかまで筒抜けだ。

「やっぱり、美緒さんのようなおなごでも、妻にすると飽きますか」

と、奈美が聞いてくる。

「なにを言っておるっ」

「倦怠期ですよね」

「まさか、わしたちは新婚であるぞ」

「夫婦になったのは最近でも、もう、つき合いは長いでしょう」

確かに、晴れて夫婦になるまで長かったし、その間のほうが情熱的にまぐわっていたような気がする。

「あまり放っておくと、また、美緒さん、ほかの男とまぐわいますよ」

「まさか……」

妙蓮寺の生臭坊主の珍念とのことがある。強く否定はできない。

「美緒さん、夫婦になって、あらたな色気が出てきて、おなごの私から見ても、なんかどきどきしますよ」

「そうか……」

「美緒さんがその気ではなくても、まわりの男たちが放っておきませんよ」

美緒が洗濯物を持って出てきた。

「おはよう、美緒さん」

お菊長屋のおかみさんたちが挨拶する。

「おはよう」

と、挨拶を返して、視線を感じたのか、美緒がこちらを見た。

「つきそいのお仕事、お疲れ様です」

と、美緒が頭を下げてきた。初音とあずみ相手に五発も出してきただけに、喜三郎のほうが視線をそらしてしまう。

けれど、美緒は不審そうな顔もせず、井戸端のおかみさんたちの輪に入って、肌襦袢(はだジュバン)を洗いはじめた。

「香坂様への関心が薄れているのかもしれませんね」

と、奈美が恐ろしいことをつぶやいた。

黒崎藩主の嫡男(ちゃくなん)である高時は江戸藩邸の自室で、ずっとうなっていた。

「若殿、木島でございます」

襖(ふすま)の向こうから近習(きんじゅう)の声がして、入れ、と声をかける。

襖が開き、木島が入ってくる。幼き頃より高時に仕えている、いちばん信頼できる近習である。

「戸嶋藩より、百合姫とのあらたな見合いはいつになるのか、と問い合わせが来ております」

「そうか……しかし、初音姫とのまぐわいを見ながら……なにゆえ、わしと」

「なにを迷っておられるのです。百合姫を嫁におもらいください。それ一択です」

と、木島が珍しく強く進言してくる。

「幸田藩には婿入りとなるのですよ。それに、藩主から命を狙われています。もちろん、初音姫の美しさに惹かれるお気持ちはわかります。されど、百合姫も初音姫に負けない美貌です」

「そうであるな」

京人形のような品のよい顔立ちを思い出す。

「それになにより、百合姫には喜三郎の影がありません」

「喜三郎か……」

命を狙われたとき、高時は喜三郎に助けられていた。しかも、その場で、高時の前で初音と口吸いをしているのだ。

初音の婿となれば、一生、喜三郎のことで悩むであろう。

「百合姫は生娘なのです。高時様の手で、お好みの色に染めることができるのですぞ」

「木島、どうした」

そんな踏みこんだことまで言うような男ではなかったのだ。

「若殿のお命を案じているのです。初音姫と縁を切らなければ、また刺客が襲ってきます」

「そうであるな……」

初音姫。美貌なうえに、女陰は絶品である。

百合姫。清楚で可憐な美貌なうえに、生娘でありながら、高時の手で獣になりたいと言う。

初音姫と結ばれると、命を狙われる。百合姫を嫁に迎えても、なんの問題もない。喜三郎の影もなくなる。

これは百合姫で決まりではないか。

いや、初音姫ほどのおなごはこの世にいない。

高時はうんうん、うなりつづける。

浅草の裏手にある奥山の彦次郎の別邸。

参勤のお務めで江戸に来ていたが、政は家老に任せて、ほとんどの時間を別邸で過ごしていた。

彦次郎は縁側に立っていた。庭に向かって弓を引いている。弓は楊弓である。

庭にはおなごが六人ほど歩いていた。みな、一糸まとわぬ姿である。庭にいるおなごに限らず、この別邸にいるおなごは飯炊きの女中でさえ素っ裸であった。おなごは常に乳と尻、そして割れ目を出しているべきだ、というのが彦次郎の持論である。今は、別邸だけで実行しているが、いずれは江戸藩邸で、そして将来は幸田藩全体でやりたいと思っている。

それが、彦次郎の藩主としての願望である。廓を作るのも、その一環である。が、今は資金難で中断している。そこで、抜け荷に手を出した。

彦次郎は矢を飛ばした。おなごの尻に向かって飛んでいく。おなごたちが、きゃあっ、と声をあげて矢から逃げる。

さらに、彦次郎は矢を飛ばす。乳房が弾み、尻たぼがぷりぷりうねる。

地面に落ちた矢をおなごたちが拾う。そのときは必ず尻をこちらに向けて、膝を曲げることなく、上体だけを倒して拾うように言いつけてある。

廊下をおなごがやってきた。もちろん、裸である。

「殿、遠州屋の瑠璃というおなごが、ご面会したいと来ております」

「そうか」

彦次郎は弓を置いた。彦次郎自身も裸であった。常に魔羅が天を向いていた。

萎えるとそばにいるおなごがすぐさましゃぶりつき、大きくした。この別邸にいるおなごたちは、彦次郎の魔羅が萎えることをなにより恐れている。

彦次郎は裸のまま、座敷に入った。

下座におなごが控えていた。彦次郎が入ってくるなり、頭を下げた。

「面(おもて)を上げよ」

上座の彦次郎がそう言うと、おなごが顔を上げた。客のおなごも、一糸もまとっていなかった。

彦次郎の趣味を理解しているのだ。そうでなければ、取り引きはできない。

「相変わらず、よき乳をしておるな、瑠璃」

瑠璃の乳房は見事なお椀形(わんがた)をしていた。ほっそりとした躰から想像できないような巨乳であった。

「ありがとうございます。殿も見事な反り返りでございます」

瑠璃と呼ばれたおなごが、熱い眼差(まなざ)しで彦次郎の魔羅を見つめる。

「今日はどうした」

「抜け荷の件が洩(も)れているようです」

「ほう、そうか。誰か、暴きに来たのか」

「はい。おなごがひとりに、武士がひとり、それにおつきのおなごがひとり」

「美形であったであろう」

「はい。ご存じなのですか」

「初音だ。我が藩のじゃじゃ馬姫だ」

「姫で、ございますか……」

瑠璃が驚きの表情を浮かべる。

「幸田藩の姫自らが、抜け荷を暴きに来たというのですか」

「初音はわしを藩主の座から引き下ろそうとしているのだ。おなご好きのわしが気に入らないようなのだ」

「なんともお堅い姫様ですね」

「いや、そうでもないのだ。姫のくせして、生娘ではないのだ」

「そうなのですか」

「武士がひとりいたと言ったよな」

「はい。唇をとがらせて、顔を寄せていったら、隙だらけでした」

「おまえに口吸いしてもらえると思ったのであろう。なんとも情けないが、そやつが姫の生娘の花びらを散らしたのだ」

「そうなのですか。私の毒霧をまともに顔に浴びて、気を失いました」

「おつきの忍びが助けたのだな」

「はい。おつきのおなごが、すぐに姫と武士を背後に引っ張って、大川に落としたのです」

「そうか。初音と喜三郎はまだくっついたままなのだな。困ったものだ」

そう言うと、彦次郎が立ちあがった。それを見た瑠璃が、にじり寄ってくる。

瑠璃は廻船問屋の遠州屋の人間である。遠州屋の主人である喜兵衛(きへえ)とは吉原で知り合った。無類のおなご好きのところで気が合い、国許に廓を作っていると話すと、たいそう興味を持った。

が、資金難で中断していると話すと、抜け荷の話を持ちかけてきたのだ。

そして、この瑠璃というおなごをよこしてきたのだ。瑠璃は最初から、素っ裸で彦次郎と会った。なかなか肝(きも)の据わったおなごである。

今も彦次郎が立ちあがると、意図を察知して、にじり寄ってきた。

「とてもたくましい魔羅です、お殿様」

そう言うと、先端にくちづけてくる。

ちゅちゅっと啄(ついば)むようにくちづけてくるだけで、彦次郎はうなる。瑠璃は喜兵衛がしこんだ自慢のおなごらしい。抜け荷を任せているようだ。

いちばんのおなごを、彦次郎に差し出しているのだ。一代で遠州屋を大きくさせただけのことはある。

彦次郎は喜兵衛にもいちばんのおなごを差し出さないといけない、と思っていた。が、瑠璃がよきおなごなので、瑠璃と釣り合うおなごがいないのだ。

瑠璃の舌が裏の筋を這う。

「ううっ……」

裏筋はみな、舐めてくる。が、瑠璃の舌遣いは違うのだ。裏筋を舐めあげられるだけで、おなごに慣れた彦次郎が腰を震わせるのだ。

瑠璃は裏の筋だけをしつこく舐めてくる。ふぐりをつかみ、やわやわと刺激を送ってくる。

先端を舐めてほしい。ぱくっと咥えてほしい、とじれてくる。実際、我慢の汁がにじみ出てくる。

が、舐めてはこない。裏筋から唇を引くと、ふぐりをぱくっと咥えてきた。中の玉を舌先でころがしはじめる。

「う、うう……」

彦次郎がうなる。玉ころがしも、別邸のおなごにやらせていた。が、これまた瑠璃がころがすと、たまらないのだ。

どろりと我慢汁が大量に出てくる。舐めてほしい。が、舐めてほしい、とは言えない。

瑠璃はぱふぱふとふぐりに刺激を送りつつ、右手を蟻(あり)の門(と)渡(わた)りに忍ばせた。そろりと撫でられ、ううっ、とうなる。

彦次郎の魔羅がぴくぴく動く。

「ああ、瑠璃……」

先端を舐めてくれ、咥えてくれ、と頼みそうになる。

瑠璃の右手の先が肛門へと伸びた。そろりと撫でてくる。

「あうっんっ」

と、彦次郎は不覚にも、おなごのような声をあげてしまう。

わしとしたことが。このことを喜兵衛に告げられたら恥である。

幸田藩主もおなご好きだと豪語しているが、たいしたことはないなと思われる。

瑠璃は彦次郎を見あげながら、玉を舌先でころがし、右手の指先で肛門をなぞりつづける。

「あ、あんっ」

またも、おなごのような声が出る。

いつの間にか、先端が我慢の汁で真っ白になっている。

このわしが、我慢。おなごを前にして、我慢しているっ。

瑠璃がふぐりから唇を引いた。ようやく咥えてくるのか、と思ったが、違っていた。瑠璃が彦次郎の背後にまわる。

肛門を舐めるのだ。瑠璃の舌がわしの尻の穴に入るのだ。

そう思ったとたん、どろりと大量の我慢汁が出て、裏筋まで流れていった。

尻たぼをつかまれた。ぐっと開かれる。

「ああ、なんと素敵な肛門をなさっておられるのですか」

と言うと、ふうっと息を吹きかけてきた。

「ううっ……」

たったそれだけで、彦次郎はうなっていた。

瑠璃はふうふうと息を吹きかけつづける。

舐めてほしい。尻の穴もはやく舐めてほしい。が、瑠璃は舐めない。息を吹きかけつづけている。

このわしをじらしているのだ。幸田藩主であるこのわしを、手玉に取っているのだ。なんというおなごなのだ。初音も彦次郎を翻弄していたが、さすがに初音をものにすることは憚られた。が、このおなごなら好きにできるのだ。

喜兵衛はお近づきの印として、このおなごをよこしているのだ。

瑠璃が尻たぼに美貌を押しつけてきた。ぞろりと肛門を舐められた。

「おうっ」

彦次郎は雄叫びをあげていた。

瑠璃は舌先をとがらせ、前後に動かしてくる。肛門をえぐってくる。

「あ、ああっ、おう、おうっ」

彦次郎は雄叫びをあげつづける。すると、

「殿っ」

と、襖の向こうから近習の声がした。

「なんでもないっ」

と、彦次郎は言った。が、襖が開かれた。裸のおなごに肛門を舐められて吠えている姿を見ると、すぐさま襖を閉めた。

「よろしかったのですか」

「構わぬ。いつものことだ。が、万が一ということがあるからな。ああやって、褌を開いて確認するのは大事なことだ」

瑠璃が正面に戻ってきた。妖しげな美貌を鎌首に寄せてくる。

ようやく咥えてくれるようだ、と思ったが、なんと頬ずりをしてきた。

「う、うう……もう、よかろう」

「なにがですか、お殿様」

「く、咥えるのだ」

「なにをですか」

瑠璃の頬がまたすべすべして、心地よかった。このままでは、頬ずりされながら暴発させてしまいそうだ。そうなれば、生き恥である。

「魔羅だ、ああ、魔羅を咥えてくれっ」

と、彦次郎はたまらず叫んだ。すると瑠璃が、すぐさま鎌首をぱくっと咥えてきた。くびれで唇を締めつけ、じゅるっと吸ってくる。

「おうっ、おうっ」

ひと吸いで、彦次郎は暴発させていた。凄まじい勢いで精汁が噴き出し、瑠璃の喉をたたいていく。

こんなことははじめてだった。これでは、おなご知らずのようではないか。

「おう、おう、おうっ」

なおも雄叫びをあげつづけ、瑠璃の喉に出しつづけた。

瑠璃はそれをうっとりとした顔で受けている。なんというおなごだ。このようなおなごに匹敵するおなごは、初音くらいであろうか。

しかし、初音は幸田藩の姫だ。姫を大店(おおだな)といはいえ、一介の商人に差し出すわけにいかぬ。が、お返しはしないと名折れである。

「初音を捕らえよう」

瑠璃の喉に出しつづけつつ、彦次郎はそう言った。

第三章　眠り薬

一

喜三郎は初音と、あずみとともに、深川にある遠州屋の蔵に来ていた。

時は九つ（午前零時頃）である。月夜の晩で、初音とあずみの美貌が白く浮きあがっている。

初音とあずみは黒装束。喜三郎は着流しに、腰に一本だけ差していた。

遠州屋の船より抜け荷の品を見つけ、喜三郎が毒霧を浴びてから、半月ほどが過ぎていた。が、江戸市中に南蛮ものの宝石の類が出まわっているという噂は聞かず、用心して蔵の中に置いたままなのでは、と探ることにしたのだ。

遠州屋の蔵は深川の大川ぞいに三つあった。

蔵には大きな錠前がかかっていたが、あずみが難なく開けた。

まずはいちばんめの蔵に初音とあずみが入り、喜三郎は外で見張った。

大川の流れを見ていると、美緒のことが脳裏に浮かぶ。このところ、喜三郎に関心がないように感じるのだ。今宵も夜釣りのつきそいに行くと言うと、わかりました、と返事をするだけだった。

今頃、誰かと会っているのでは。妙蓮寺の珍念とよりを戻しているのか。いや、それはないだろう。それに、夜、裏長屋を留守にすれば、すぐに奈美たちおかみさん連中に知れてしまう。

なにかあれば、奈美が喜三郎に伝えるはずだ。裏長屋はまぐわいさえ筒抜けだが、こういうときは頼りになる。

そんなことを考えていると、こちらに一艘の猪牙船が迫ってきた。船頭以外に、おなごがひとり乗っていた。

「あれは……」

喜三郎に毒霧を吹きかけた妖艶なおなごであった。

船着場でおなごが降りた。

今宵も妖しげであった。小袖を着てはいたが、前身頃がはだけ、白い足があらわになっている。

その足を目にしただけで、喜三郎は勃起させていた。

おなごが迫ってくる。一歩足を運ぶたびに、前が大きくはだけ、太腿(ふともも)のつけ根近くまであらわれる。腰巻は着けていないのか。

喜三郎の魔羅(まら)が疼(うず)いた。

「例の毒霧のおなごが来た」

と、蔵の中に向かって、声をかける。が、返事がない。

「おなごが来たぞっ」

と、もう一度奥に向かって声をかける。が、返事がない。

なにかあったかっ。

喜三郎は蔵の戸を開いた。すると、入ってすぐのところに、初音とあずみが倒れていた。

「これは……」

毒かっ、と思った。次の刹那(せつな)、すうっと意識が薄れていく。

まずいっ、と喜三郎はあわてて蔵から出ようとした。すると、入口に毒霧のおなごが立っていた。

「中にお戻り」

と言う。喜三郎は鼻を押さえ、おなごに向かおうとしたが、白い足がこちらに向かってきた。

腹を蹴られ、そのまま蔵に倒れこんでいく。

おのれっ、と叫んだつもりであったが、おなごの姿がぼやけていった。


頬に痛みが走った。

目を開くと、こたびは初音ではなく、毒霧のおなごの顔があった。憎きおなごであったが、色気あふれる美貌であった。

「初音どのとあずみさんはっ」

喜三郎は動こうとして、両腕を吊りあげられていることに気づいた。足首は揃えて縛られている。

初音とあずみは両腕をうしろ手に縛られ、両足首は揃えて縛られ、床にころがされていた。

蔵の中のようだが、さきほどの蔵とは違っていた。この蔵は空だった。

蔵の隅に、褌だけの屈強な男たちがふたりいた。あやつらが、喜三郎を天井に吊りあげたのだろう。

「ふたりは無事なのかっ」

「さあ、どうかしら」

「まさか……」

毒霧のおなごが初音を起こし、黒装束の覆面頭巾を引き剝いだ。今宵は髷を結っておらず、黒髪を頭にまとめていた。

そんな初音を見るのははじめてで、このようなときであったが、喜三郎は新鮮な魅力を覚えた。

平手を張って初音を起こすのかと思ったが、毒霧のおなごは予想外の行為に出た。目を閉じている初音のあごを摘まむと、その唇におのが唇を押しつけていったのだ。

「なにをするっ」

いきなりのおなごどうしの口吸い。しかもどちらも美形なのだ。

初音の長い睫毛がひくひくと動くのがわかった。毒霧のおなごが初音の唇を開こうとしている。そして、わずかに開いた口に舌を入れていく。

「やめろっ」

と、喜三郎は叫ぶ。初音は自分の舌を毒霧のおなごの舌に委ねているように見えた。誰か別の男と舌をかまらせている夢でも見ているのか。

高時かっ。

喜三郎は悋気を覚え、

「初音どのっ」

と、名を呼ぶ。すると、初音が目を開いた。口吸いをしている相手がおなごと気づいたのか、目をまるくさせる。

が、拒むような動きは見せない。そのまま、舌を預けている。

「初音どのっ、なにをしているっ。相手は抜け荷のおなごであるぞっ」

そう叫ぶと、初音がはっとした表情を浮かべて、ようやく舌を引こうとした。

それでも毒霧のおなごは初音の舌を貪ってくる。

「うんっ、うっんっ」

と、悩ましい吐息を洩らしつつ、初音の舌を吸っている。

「初音どのっ、口を引くのだっ。そのようなおなごに口をゆるしてはならんぞ」

喜三郎はそう叫んでいたが、下帯の中は正反対であった。初音と毒霧おなごの口吸いを見て、不覚にも勃起させていた。

屈強な男たちの褌もかなりの盛りあがりを見せている。ふたりとも、ぎらぎらさせた目を口吸いのふたりの美女に向けている。

初音の目がとろんとしはじめた。もしや、なにか唾にしこんでいるのか。

ようやく、毒霧おなごが唇を引いた。ねっとりと糸を引いた唾を、なんと初音のほうがじゅるっと吸い取った。

それを見て、毒霧おなごが妖艶に微笑む。

「はじめて姫様と口吸いをしたわ。あなた、口吸いが上手ね。あの間抜けな男にしこまれているのかしら」

間抜けと言われ、こやつっ、と叫ぶが、初音を救うことができず、天井に吊りあげられている状態では、間抜けと言われても仕方がない。

「気に入ったわ。瑠璃というの」

毒霧のおなごは名を告げると、また、ちゅっと初音の唇を啄んだ。初音は瑠璃の口吸いを受けて、おとなしくなった。

「なにゆえ、私を姫と。香坂様と関係があると……知っているのですか」

初音が聞いた。

「お殿様の魔羅をおしゃぶりしながら、いろいろ聞かされましたから」

「お殿様……叔父上ですね」

「なんともたくましい魔羅をしておられますね。過日お会いしたとき、はじめてお殿様の精汁をいただきました。やはり上に立つお方の精汁の味は違いますね」

「叔父上に言われて、私たちを待っていたのですね」

「はい。お待ちしておりました。わざと抜け荷の品はさばかず、こうして蔵を探りに来るのをお待ちしていたのです、すべての蔵に眠り薬を充満させて」

まんまと罠にかかったということか……。

「私を捕らえて、どうするつもりなのです」

「まずは、見てもらいたいものがあります」

そう言うと、瑠璃は初音から離れ、ひとりだけ吊りあげられている喜三郎に寄ってきた。

瑠璃は、おなごにしては長身であった。手を伸ばし、喜三郎の頬を撫でてくる。

「やめろっ」

「姫と私の口吸いを見て、大きくさせているでしょう」

頬を撫でつつ、瑠璃がそう聞く。

「勃たせるわけがないっ」

うふふ、と瑠璃が笑う。

「どうかしら。姫と私の口吸いを見て、大きくさせていたら、笑いものね」

そう言うと、着物の帯を解き、はだけていく。

「やめろっ」

「たくましい胸板」

そう言って、ぶ厚い胸板をそろりと撫でてくる。乳首を手のひらでこすられ、うっ、とうめく。

「あら、乳首、好きなのかしら。私も好きよ、殿方の乳首をいじるのは」

そう言うと、ふたつの乳首を摘まんできた。こりこりところがしてくる。

「うう……やめろっ。乳首でなど、感じぬっ」

「あら、そうかしら。もう、こんなに勃起させているわよ、喜三郎」

と、瑠璃がいきなり呼び捨てで名前を呼んだ。

「わしの名も知っているのか」

「お殿様が何度も、喜三郎のやつだな、とおっしゃっていましたから」

瑠璃が胸板に美貌を寄せてきた。まずい、と思ったときには、ぞろりと乳首を舐められていた。

「うう……」

喜三郎はぎりぎり喘(あえ)ぎ声を我慢した。

瑠璃はねっとりと右の乳首を舐めてくる。確かに舐め方が上手(うま)かった。さきほど初音が舌吸いだけでとろけたのも、なにかの薬ではなく、この舌遣(したづか)いのせいだと思った。

瑠璃が右の乳首から唇を引いた。すぐさま、左の乳首を舐めあげてくる。と同時に、唾まみれの右の乳首を指先で突きはじめた。

「あっ……」

乳首の同時責めに、喜三郎は思わず声をあげていた。

「おまえ、おなごのようだな」

と、赤銅色(しゃくどういろ)に焼けた男がからかうように、そう言う。

「感じては、うう……おらぬ……」

瑠璃が左の乳首を唇に含むと、ちゅうっと吸ってきた。

そして、右手の乳首をいじっていた手を下げてくる。

まずい。下帯の中は鋼(はがね)のようになっている。もしかしたら、いや、もしかしなくても、先走りの汁を出しているはずだ。

瑠璃が左の胸板から美貌を引き、その場にしゃがんだ。膝蹴(ひざげ)りを入れようとするも、両足首を縛られた下半身がふらつくだけで、無理だった。

空振りの膝蹴りを見て、屈強な男たちが、情けない野郎だ、と笑う。

初音があの野郎たちにやられる心配はないと思った。彦次郎の命で動いているからだ。

彦次郎が知っている場で、姫様を日雇取り（ひようと）が犯したら、大変なことになる。

「さて、魔羅、どうかしら」

そう言うと、瑠璃が下帯を引き剝いだ。すると瑠璃の小鼻をたたかんばかりの勢いで、勃起した魔羅があらわれた。

「あら、すごいわ。なんともたくましい魔羅ね、喜三郎」

「呼び捨てにするなっ」

瑠璃に呼び捨てにされるたびに、怒りが湧（わ）く。それでいて、魔羅がひくひく動いている。

「呼び捨てにされて、本当はうれしいんじゃないのかしら、喜三郎」

そう言って、腰骨のあたりをそろりと撫でてくる。

「うう……」

魔羅がさらにひくひく動いた。

「我慢のお汁も出ているわね」

そう言うと、瑠璃が美貌を寄せて、先端をぺろりと舐めてきた。

「あっ……」

ぞくぞくとした快感が走り、喜三郎は甘い声を洩らしてしまう。

「姫と私の口吸いを見て、我慢のお汁まで出していたのね、喜三郎」

「違うっ。おまえが胸板を舐めたからだっ」

「あら、やっぱり、乳首舐め、好きなのね」

「おなごだな」

と、またも男たちがからかってくる。

「黙れっ」

喜三郎は男たちをにらみつけるも、また、ぞろりと瑠璃に先端を舐められ、あっ、と声をあげてしまう。

「喜三郎は感じやすいようだな」

と、日雇取りにまで呼び捨てにされる。

「わしはなにも感じておらぬっ」

勃起させて、我慢汁まで出していたが、喜三郎はそう叫んでいた。

「武士の矜持というものかしら。それを初音姫の前で、ずたずたにしてあげようかしら」

そう言うと、瑠璃がぱくっと先端を咥えてきた。強く吸ってくる。と同時に、右手の指を股間に入れて、肛門まで伸ばしてきた。爪の先を入れて、くすぐりはじめる。

「おうっ」

いきなり、喜三郎は大声をあげていた。

「おう、おうっ」

鎌首の吸い方といい、肛門のなぞり方といい、絶妙であった。どちらか片方だけ受けても叫びそうな快感だった。それを同時にやられて、喜三郎は吊られた躰をくねらせていた。

「おいおい、本当に武士なのか。ケツの穴をいじられて、おなごのようによがっていやがる」

日雇取りがからかいつづける。どうやら、そうやってからかえ、と瑠璃に命じられているようである。

瑠璃の責めから逃れたいが、鎌首を吸われ、尻の穴に指が入っているゆえ、動くに動けない。いや、それは言いわけか。とろけるような快感に、思わず躰を委ねてしまうのだ。

瑠璃が、いきなり魔羅のつけ根まで咥えてきた。と同時に、小指を肛門の中まで入れてきた。

「おうっ」

喜三郎は不覚にも雄叫びをあげていた。

「あ、ああっ、やめろっ、吸うなっ、いじるなっ」

はやくも暴発しそうになっていた。目を覚まして、躰をいじられて、たいしてときは経っていない。が、はやくも恥をかきそうになっていた。

初音と日雇取りに、瑠璃の口責めにあっさり屈する姿は見せたくない。

「うんっ、うっんっ、うんっ」

瑠璃が美貌を上下させる。それに合わせて、小指を尻の穴で前後させる。

「あ、ああっ、やめろっ、あ、ああっ、出る、出るっ」

おうっ、と雄叫びをあげて、喜三郎は瑠璃の喉に発射させた。

二

「おう、おう、おうっ」

雄叫びをあげつづけ、吊られた躰を震わせつづける。

その雄叫びで、あずみも目を覚ました。

「香坂様っ」

瑠璃の口に出しつづける喜三郎を目をまるくさせて見ている。

恥ずかしながら、脈動が鎮まらない。瑠璃はうっとりとした顔で、喉への飛沫を受けている。

ようやく、脈動が鎮まった。

瑠璃が唇を引く。手のひらに、どろりと精汁を吐き出した。

それを見て、初音が目をそらす。

「たくさん出したわね、喜三郎。初音姫の前で大量に出すなんて、そんなに気持ちよかったのかしら」

「気持ちよいわけがないっ」

否定するも、虚(むな)しいだけだ。

瑠璃が舌を出した。手のひらに出した精汁をぺろぺろと舐め取っていく。

「なにをするっ」

「おいしいわ、喜三郎の精汁」

すべて舐め取ると、ごくんと白い喉を動かした。

「ああ、おいしかった」

暑いわね、と言うと、立ちあがった瑠璃が、小袖の帯に手をかけた。

「なにをするっ」

捕らえられた初音とあずみは黒装束を着たままで、捕らえた瑠璃のほうが脱ぎはじめたのだ。

小袖を躰の曲線にそって滑り落とすと、いきなり裸体があらわれた。肌襦袢(はだジュバン)も腰巻も着けていなかった。

「ほう」

と、日雇取りたちがうなる。

瑠璃の裸体は絖白(ぬめじろ)かった。乳房は豊かで、尻もぷりっと張っている。恥毛は薄く、おなごの割れ目が剝(む)き出しとなっている。

なにより、裸体全体から匂うような牝(めす)の色香を発散させていた。

喜三郎はそんな瑠璃の裸体を目にするなり、はやくも勃起を取り戻しつつある。

「あら、私の躰、気に入ったのかしら、喜三郎」

頭をもたげたのを見て、瑠璃が妖艶に微笑む。

「初音姫と相思相愛だとお殿様から聞いていたのだけれど、違うのかしら。おなごなら、誰でも勃起するのかしら」

「初音姫とわしはなんでもないのだ。わしには妻がいるのだっ」

「あら。奥さんがいながら、初音姫とまぐわっているのね。そのくせ、私にも勃起するなんて、なんて男かしら」

瑠璃が初音に寄っていく。喜三郎に尻を見せる形となり、ぷりぷりうねる尻たぼに、視線が釘(くぎ)づけとなる。

「姫様、こんな男のどこがいいのかしら」

初音の長い髪をつかみ、ぐっと引きあげると、妖艶な美貌を寄せて聞く。

「縄を解きなさいっ。香坂様の縄も私たちの縄も解きなさいっ、瑠璃っ」

と、初音が気丈(きじょう)に命じる。

瑠璃は色っぽい笑みを浮かべると、初音にふたたび唇を押しつけていく。初音は唇を引こうとしたが、瑠璃の舌が入ってくると、またも委ねてしまう。

「姫っ」

と、喜三郎とあずみが叫ぶ。あずみは驚きの表情を浮かべている。

「ああ、姫の唾は甘くておいしいわ」

初音の瞳がとろんとしている。

「姫、いいものを見せてあげるわ」

そう言うと、瑠璃が喜三郎のもとへと戻ってくる。今度は、ゆったりと揺れる乳房に視線が釘づけとなる。

「もう、喜三郎は私の虜(とりこ)ね」

あごを摘まむと、唇を寄せてきた。避けようとしたが、無理だった。

瑠璃の唇が押しつけられた。舌をからめてはならぬ、と口を閉ざすが、乳首を強くひねられた。

ううっ、とうめくと、ぬらりと舌が入ってくる。

からめられたとたん、躰がとろけていった。

初音が瑠璃との口吸いでうっとりとなり、なにかしこんでいるのでは、と思ったが、違っていた。瑠璃の舌遣い、それに唾の味が、とろけさせるのだ。

ねっとりとからめられると、思わず委ねてしまう。すると、瑠璃が喜三郎の舌を吸ってきた。

「う、うう……」

喜三郎は吊られた躰を震わせた。舌吸いで躰全体が反応してしまうのだ。なんというおなごなのだ。

瑠璃は舌を吸いつつ、裸体をこすりつけてくる。たわわな乳房で胸板をこすり、剝き出しの割れ目で鎌首をなぞってくる。

「ううっ、ううっ」

不覚にも、喜三郎はもう完全に勃起を取り戻していた。

「私の唾、極上でしょう」

「知らぬ……」

「あら、唾を注がれて、魔羅をもうこんなにさせて、知らぬはないでしょう、喜三郎」

瑠璃はずっと割れ目で裏筋をこすりつづけている。完全に勃起しただけではなく、あらたな我慢汁まで洩らしはじめる。

「姫様の唾と私の唾、どっちがおいしいかしら、喜三郎」

そう問いつつ、瑠璃がまた唇を重ねてくる。拒めればよいのだが、ぬらりと舌が入ってくると、すぐにだめになる。

男をだめにする舌と唾だ。

ねちゃねちゃと舌をからめつつ、鎌首にぐりぐりと股間を押しつけてくる。

「う、うう……うう……」

気持ちよくて、じっとしていられない。初音とあずみに見られているとわかっていても、躰をくねらせてしまう。

「どっちの唾がおいしいかしら、喜三郎」

唇を引き、瑠璃が尋ねる。

「知らぬ……」

「あら、姫じゃないのかしら」

「わしには美緒という妻がいるのだ。初音姫と口吸いはしないっ」

「私とは喜んでするのね」

と言って、またも唇を押しつけてくる。股間では、ずっと魔羅を挟んでいる。

「口吸いしないでっ、香坂様っ」

と、ついに初音が叫ぶ。

「う、ううっ」

喜三郎は瑠璃の舌から逃れようとするが、舌が蛇のようにからみつき、離すことをゆるさない。

「魔羅、小さくさせてくださいっ、香坂様っ」

と、さらに初音が叫ぶ。が、小さくなるどころか、さらなる我慢汁を出してしまっている。

瑠璃が唇を引いた。

「どっちの唾がおいしいか、ここではっきりさせましょう、喜三郎」

日傭取りたちに向かって、そこに磔にして、と瑠璃が命じる。

瑠璃の汗ばんだ裸体と口吸い顔に見惚れていた男たちが、我に返ったような顔になり、喜三郎のもとに迫ってくる。

ふたりともかなりの巨体だ。赤銅色の日雇取りが両腕の縄を吊りあげている滑車を動かし、下げていく。髭面の日雇取りが下がってくる両手首に手を伸ばし、縄を解きはじめる。

ここが最大の反撃の機会だ。縄を解かれた刹那に、握り拳をこやつの鼻に食らわすのだ。

が、縄が解かれる前に、滑車を動かしていた日雇取りが背後にまわってきた。背後から反り返った魔羅をつかまれた。

「なにをするっ」

「妙なまねをすると折るぜ、喜三郎。あのいいおなごとまぐわえなくなるのはいやだろう」

赤銅色の日雇取りにそう言われ、反撃の切っ先が鈍った。その間に縄を解いた髭面の日雇取りが、がら空きの喜三郎の腹に握り拳をめりこませてきた。

「ぐえっ」

喜三郎は髭面の日雇取り向かって倒れこんでいく。それを軽々と受け止めると、喜三郎を床に仰向けに下ろした。はだけた着物を引き剝ぐ。

赤銅色の日雇取りが両腕を引きあげ、床に打たれた鎹に通した縄で、手首を縛っていく。髭面の日雇取りは、両足首の縄を解き、開いていく。

「香坂様っ、大事ないですかっ」

と、初音が声をかけてくる。

喜三郎は腹に握り拳をめりこまされた刹那より、躰に痺れを覚えていた。

逆らう力もなく、日雇取りたちの手で、床に大の字を描くように磔にされた。

さすがに魔羅は縮んでいた。いつもなら縮んだ魔羅をおなごたちに見られたくはなかったが、こたびは縮んだままのほうがよいと思った。

三

「香坂様っ」

と、初音がさらに声をかけてくる。

「なにをそんなに心配しているのかしら、姫様」

「だって……魔羅が……裸のおなごがいるのに……縮んでいるなんて……ありえないの」

「まあ、喜三郎はいつも魔羅を勃起させているのね。安心して、姫様。私が女陰(ほと)で顔をこすれば、すぐに大きくなるから」

瑠璃が喜三郎の腰をすらりと長い足で跨(また)いできた。瑠璃の素晴らしい裸体を仰ぎ見て、魔羅がむくむくっと反応しはじめる。

瑠璃がそのまま、開いた足を頭のほうへと進めてくる。

剝き出しの割れ目はぴっちりと閉じたままだ。これだけ色香にあふれる躰であるが、割れ目がふと生娘(きむすめ)のものに見えてしまう。

すると、魔羅がぐぐっと反り返りはじめる。

「香坂様……」

初音の声に、瑠璃が首をねじって背後を見る。

「あら、女陰をこすりつけなくても、私の割れ目を見ただけで、大きくさせているわね。喜三郎、あなた、私のこと、すっかり好きになったようね」

そう言いながら、喜三郎の頭上に割れ目を持ってきた。そして、そのまま膝を曲げてくる。

割れ目が迫ってくる。喜三郎はそこから目をそらせずにいた。瑠璃の割れ目が引きよせてくるのだ。

「や……」

やめろ、という言葉さえ出せなかった。

顔面に割れ目が押しつけられた。ぐにゃっとした感触を顔面に覚えた刹那(せつな)、一気に魔羅が天を衝(つ)いた。

「すげえっ」

と、日雇取りたちが驚きの声をあげる。

「あら、すごいわね」

天を衝いた魔羅を見ながら、瑠璃がぐりぐりと恥部をこすりつけてくる。

「う、うう……うう……」

両手両足を拘束されている状態では、抗うことができない。

顔面をこすられるままだ。

「じかがいいかしら」

腰を浮かせた瑠璃が右手を伸ばし、喜三郎の目の前で割れ目を開いてみせた。

「おうっ、これはっ」

初音の前だと言うのに、喜三郎は瑠璃の女陰を目にして声をあげていた。

瑠璃の女陰は真っ赤に燃えていた。肉の花びらが、喜三郎を誘うように蠢いている。見ていると、無性に入れたくなる。この穴に突っこみたくなる。さらに魔羅が勃起していく。

「入れたいでしょう、喜三郎」

さらに割れ目を開き、瑠璃が聞く。

「い、いや……」

入れたい、という言葉を、武士としてのぎりぎりの矜持で呑みこむ。

「うそ……魔羅は入れたいって言っているわよ」

瑠璃が上体をねじり、股間に手を伸ばすと、そろりと先端を撫でた。

「ああっ……」

先端から快美な刺激が走り、喜三郎はおなごのような声をあげてしまう。もちろん、大量の我慢汁を出す。

「入れたいわよね、喜三郎」

と、発情している花びらをふたたび見せつけてくる。

「あ、ああ……い……いれ……」

ならんっ、と口を閉ざす。そばに初音がいるのだ。

「正直になりなさい。私の女陰の前で抗おうとしても無駄よ、喜三郎」

瑠璃が割れ目を開いたまま、恥部を押しつけてきた。

ぬちゃっと、おなごの粘膜を顔面で感じた。

そのまま今度は、女陰自体をこすりつけてくる。

「う、うう……うう……」

喜三郎は大の字に拘束された躰をくねらせていた。

「香坂様……」

初音の声がする。でも、躰のくねりを止められない。

瑠璃がおさねを喜三郎の鼻にこすりつけてきた。

「ああっ、気持ちいいわ……ああ、浪人でも……ああ、武士の顔は感じるわ」

大量の蜜が女陰からあふれてくる。喜三郎の顔面は、瑠璃の蜜でべちょべちょになっていく。

ようやく、腰を引きあげた。

「どうかしら。入れたいでしょう」

「い、いや……」

と開いた喜三郎の口に、瑠璃が唾を垂らしてくる。

すぐに閉じればよかったが、閉じられなかった。間抜け面をさらし、瑠璃の唾を待っている。舌に垂れてきた。

喜三郎はそれを飲む。甘露(かんろ)であった。女陰を顔面に押しつけられて、かなり喉が渇いていたことに気づく。

「姫の唾と比べさせてあげるわ」

瑠璃が日雇取りに、姫を持ちあげて、と命じる。

へいっ、と赤銅色と髭面がにやにやと初音に迫る。

「姫に触るなっ」

と、喜三郎は叫ぶものの、虚しく響くだけだ。

赤銅色と髭面が初音の美貌を間近に見て、ほう、となる。なれなれしく触ってよいものかと、ためらいを見せる。

「なにをしているの。はやく持ちあげなさい」

と、瑠璃が命じる。へいっ、とふたりはしゃがみ、うしろ手縛りでころがされたままの初音に手を伸ばす。

初音はふたりの力持ちの手によって立たされた。両足首も揃えて縄がかけられている。

「放してっ、もう、いいわっ」

と、初音が言う。命じなれている姫様の口調に、日雇取りたちは思わず、へいっ、と手を引いてしまう。

不思議な光景であった。捕らえられた初音とあずみは黒装束を着たままで、捕らえた瑠璃が乳房も下腹の割れ目も剝き出しにさせているのだ。

「私が自分で垂らすわ」

挑戦するような目で瑠璃をにらみつけ、初音がそう言う。

「あら、やっぱり姫様は違うのね。おもしろいわ」

初音は床に磔にされている喜三郎にじわじわと寄ってくる。顔のそばまで来ると、上体を倒してくる。

「初音どのっ、唾を垂らすなど、姫様がやるものではないぞっ」

喜三郎はそう訴えるが、初音のほうはやる気満々である。

「口を開いてくださいい、香坂様」

と、初音が言う。

「しかし……このような牝の唾と姫様の唾の味を比べるなど……無意味だ」

瑠璃は喜三郎に牝よばわりされても怒らない。むしろ、うれしそうにしている。

「垂らします」

初音がそう言うと、喜三郎はあわてて口を開いた。今度は初音相手に間抜け面をさらす。

すると、初音は唾を垂らさず、うふふ、と笑った。

「どうした……」

「だって……変ですもの……」

「垂らさぬのか」

「欲しいですか、初音の唾」

「なにを言っておる」

初音が喜三郎の股間に目を向ける。見事な反り返りを見せたままだ。勃起したままでよかったと思った。縮んでいたら大変だった。

「欲しいのですね」

「ほ、欲しいぞ」

「うれしいわ、香坂様」

そう言うと、初音が唾を垂らしてくる。喜三郎はあわてて口を開く。すると、舌腹に初音の唾が乗った。

「もっとさしあげます」

と、初音がさらに唾を垂らしてくる。喜三郎は口を開いて受け止める。

そして、ごくりと飲んだ。みなが魔羅を注目する。口ではなんとも言えるが、魔羅は正直だからだ。

「あっ……」

と、初音が声をあげた。天を衝いていた魔羅が、わずかに角度を傾けたのだ。

それはまさにほんのわずかであった。

それを見た瑠璃が、喜三郎の口を手で無理やり開き、そこに唾を垂らしていく。すると傾いていた鎌首が、すぐさま天を衝いたのだ。

「瑠璃様の勝ちだな」

赤銅色がそう言う。様づけで呼ばれているようだ。

「あら、うれしいわ。姫様の唾より牝の唾のほうがいいのね。ご褒美(ほうび)をあげる」

瑠璃がまた喜三郎の顔を跨ぎ、股間を下げてくる。

「なにをしているのっ。やめなさいっ」

と、初音が縛られている躰を瑠璃の裸体にぶつけていく。不意をつかれた瑠璃がよろめいた。たわわな乳房がゆったりと揺れる。

初音が喜三郎に向かって倒れてきた。うしろ手縛りのまま、喜三郎に乗りかかってくる。

高貴な美貌が迫った。そのまま、唇を押しつけてくる。

喜三郎は喜んで初音の舌を受け入れた。すぐさま、お互いが舌をからめ合い、ぴちゃぴちゃと舌音が立つ。

「なにをしているのっ」

と、瑠璃が初音を足蹴(あしげ)にする。が、初音は喜三郎と舌をからめたまま、喜三郎の上から落ちない。

「生意気な姫ね」

瑠璃が初音の黒髪をつかみ、ぐいっと引きあげた。

「姫様になにをするっ」

と、あずみが叫ぶ。

「私より、いいおなごだと思っているんじゃないのっ」

初音をにらみつけ、平手を張ろうとする。が、初音の美しくすんだ瞳でにらみ返され、はっとした表情になり、手を止める。

幸田藩の姫様だとあらためて気づいたようだ。彦次郎より、初音には手荒なまねはするな、と言われているのだろう。

だから、男とおなごが捕らえられているのに、おなごは責めを受けず、男の喜三郎が色責めにあっているのだ。

それに、瑠璃の色に悶(もだ)える喜三郎を初音に見せつけて、失望させるように言われているのだろう。そもそも、それが本来の目的かもしれない。

失望はさせぬぞ。瑠璃のような牝の色香に惑うわしではないっ。

瑠璃は悋気に満ちた目で初音をにらみつけ、黒髪を引いて喜三郎のもとから引き離していく。強く押すと、あっ、と倒れていく。

初音が倒されても、喜三郎の魔羅は天を衝いたままだ。瑠璃の裸体が汗ばみ、そこから股間を直撃するような匂いをずっと醸し出しているのだ。それは日雇取りたちにも届いているようで、ふたりとも下半身をもぞもぞさせはじめている。

四

瑠璃が喜三郎の股間を長い足で跨いできた。魔羅を逆手でつかみ、腰を下ろしてくる。

「やめろっ」

「だめっ」

と、喜三郎と初音が叫ぶなか、瑠璃の割れ目が鎌首に触れた。また、じらすのだろうと思っていたが、違っていた。こたびは、すぐさま先端を咥えてきた。

鎌首がおなごの粘膜に包まれる。瑠璃の女陰は燃えるようであった。

ねっとりと肉の襞が鎌首にからみつき、包みこむようにして締めはじめる。

「ううっ、や、やめろ……あ、ああっ、あんっ」

「香坂様っ」

喜三郎がおなごのような声をあげ、初音が声をかけてくる。床に倒されたまま の初音の顔は、ちょうど喜三郎の股間にあった。

瑠璃の割れ目が開き、先端だけを咥えている淫ら絵をまともに見ていた。

瑠璃は鎌首だけを締めつつ、股間をのの字にうねらせはじめる。

「あっ、ああっ、あんっ」

鎌首がとろけそうな快感に、おなごのような声を抑えきれない。

「そんなにいいのかい、喜三郎」

日雇取りたちが迫ってくる。

「ああ、ああっ」

責めている瑠璃も甘い喘ぎを洩らしはじめる。その声が、またたまらなかった。

股間にびんびんくる声なのだ。

「たまらねえっ」

と、ついに赤銅色が瑠璃の背中から手を伸ばし、揺れる乳房をつかんでいった。

節くれ立った手でむんずとつかむ。

するると鎌首を包んでいる女陰が、強烈に締まった。

「おうっ」

喜三郎は雄叫びをあげて、暴発させていた。どくどく、どくどくと、凄まじい勢いで精汁が噴きあがる。今宵、二発目とは思えぬほどの勢いと量だ。

「あうっ、うんっ……」

瑠璃が軽く気をやったような表情を浮かべる。

「ああ、たまらねえ、ああ、瑠璃様の乳、たまらねえ」

赤銅色は惚けたような顔で瑠璃の乳房を揉みしだきつづける。射精はまだ続いていた。

その間は、瑠璃はうっとりとした顔で、赤銅色の手に乳房を委ねていた。

脈動が止まった。すると、瑠璃が股間を引きあげる。鎌首の形に開いた割れ目から、どろりと大量の精汁があふれてくる。

「いつまで勝手なまねをしているのっ」

腰を引きあげた瑠璃が右足を軸にして、裸体を回転させた。伸びた左足が赤銅色のあごに炸裂する。

ぎゃあっ、と屈強な男が吹っ飛んだ。瑠璃の裸体に手を出そうとしてやめていた髭面が目をまるくさせている。

「喜三郎、おまえ、姫様を魔羅で虜にしていると聞いて、楽しみにしていたのに、たいした魔羅じゃないわね。それとも、私の女陰が姫とは比べものにならないくらいよかったのかしら」

「おまえの女陰など、初音どのの女陰とは比べものにならぬっ」

「あら、どうかしら。そうだ。今、比べてみようかしら。姫様、あなたの女陰で鎌首だけを締めて、喜三郎をいかせてあげてみて」

そう言うと、瑠璃が喜三郎の股間に上気させた美貌を埋めてきた。精汁とおのが蜜まみれの魔羅を根元からじゅるっと吸いあげてくる。

「あっ、ああっ……」

いったばかりの魔羅を強く吸われて、喜三郎は悶える。

「うんっ、うっんっ、うんっ」

瑠璃が激しく美貌を上下させる。すると萎える暇も与えず、瞬く間に大きくなっていく。二発出した直後とは思えない勃ちっぷりだ。

瑠璃が唇を引きあげた。すっかり瑠璃の唾に塗りかわった魔羅がひくついている。

瑠璃が蔵の隅へと向かう。どうしても、喜三郎の目はぷりぷりとうねる尻たぼに向いてしまう。

しかし、なんとそそる裸体なのだろうか。しかも今は、汗であぶらを塗ったようになっていて、さらに妖しさに磨きがかかっている。

瑠璃がこちらに尻を向けている間に、喜三郎はあずみに目を向けた。あずみはずっと縄抜けを試みているはずだ。目を見ると、まだ解けない、と告げている。

棚から小刀を手にした瑠璃が、こちらに戻ってくる。

たわわな乳房をゆったりと揺らし、迫ってくる。割れ目はすでに閉じていたが、精汁が残っていて、それを見ると魔羅がひくついた。

瑠璃が初音の股間を跨ぎ、腰を下ろしてくる。

なにをするのだ、と見ていると、小刀を黒装束の股間に向けていく。

「やめろっ、姫になにをするっ」

「じっとしているのよ、姫様」

瑠璃はそう言うと、小刀で黒装束をすうっと裂きはじめる。かなり値のはる刃（やいば）のようで、見事に裂いていく。

すると、初音の股間があらわになる。おなごの花唇がいきなりあらわれる。

「おっ、姫の割れ目だっ」

と、髭面が叫ぶ。初音のそばに寄り、そこだけ剝き出しとなった恥部を凝視する。

「おまえっ、見るなっ」

と、喜三郎は叫ぶが、虚しいだけだ。むしろ髭面はその場に膝をつき、顔を寄せていく。瑠璃がいなかったら、すでに顔面を押しつけていただろう。

「ああ、なんてきれいなんだ。ああ、姫様というものは、割れ目も品があるんだな。残念なのは、もう魔羅を知っている割れ目だということだな」

「その喜三郎が生娘の花をその魔羅で散らしたのよ」

と、瑠璃が言う。

「こんな野郎のどこがいいんですかい。あっしのほうがよほどいいですぜ」

「剛造（ごうぞう）、姫様を抱えてあげて。繋（つな）がらせるの」

「先っぽだけ、咥えさせるんですね」

「そうよ。やって」

へい、と剛造と呼ばれた髭面が、黒装束姿の初音を軽々と抱えあげる。白い美貌と品のある恥部だけが剝き出しとなっている。それがなんともそそった。

それゆえ、二発出した直後というのに、喜三郎の魔羅は天を衝いたままでいる。

そこに剛造が初音の股間を向けていく。初音は繋がるつもりでいるのか、抗わない。剝き出しの割れ目が鎌首に迫ってくる。

　喜三郎の視線は、初音の恥部に釘づけだ。割れ目が鎌首に触れた。

「いきますぜ」

「やって」

と、瑠璃が言うと、剛造が初音の躰を下げていく。鎌首がずぶりと割れ目にめりこんでいく。

「ああっ」

と、初音が甲高い声をあげた。ううっ、と喜三郎もうなる。初音の花びらも瑠璃に負けじと、どろどろに濡れていた。

　このような最悪な状況なのに、喜三郎は勃起し、初音は濡らしている。

　初音はもう穏やかな暮らしは無理かもしれないと思った。刺激がなければ、濡れないかもしれない。

　こんなときなのに、美緒のことをふと思い出した。夫婦になってまぐわいが減ったのは、お互い刺激を感じなくなっているからではないのか。夫婦が夜の営みをするのは、いわば普通のことである。そのようなまぐわいでは、美緒は濡らさなくなっているのではないのか。

「そこで止めてっ」

鎌首のくびれまでめりこんだところで、瑠璃が声をあげた。

「そのまま、まわして」

と、瑠璃が言い、剛造が初音の躰をまわしはじめる。

「はあっ、ああっ、あんっ」

初音がもっと奥まで咥えようと、腰を下げてきた。ずぶずぶと一気に根元近くまで、燃えるような粘膜に包まれた。

「あうっんっ」

「おうっ」

初音と喜三郎が声をあげる。

「なにしているのっ。上げてっ。先っぽだけよっ」

へいっ、と剛造が初音の躰を上げていく。ふたたび、鎌首だけが包まれる。

「私のときは、もう出したわよね、喜三郎。姫様の女陰じゃ物足りないということかしら」

「さっきは、二発目だからだ。今度は三発目だから、すぐに出さないだけだ」

と言いつつ、喜三郎はあせる。このまま出さないと、姫の女陰のほうが牝の女陰より劣るということになる。

さきほどとなにが違うのか。そうだ。乳だ。赤銅色が乳を揉んで、瑠璃の女陰が強烈に締まったのだ。

「乳を、姫の乳を揉むのだ、瑠璃っ」

と、喜三郎が言う。

「瑠璃様でしょう。なに生意気に呼び捨てにしているの」

瑠璃が喜三郎の上半身に寄ってきて、ぴたぴたと頬を撫でるように張る。

屈辱に耐えつつ、

「瑠璃さ、様……姫の乳を揉んでください。そうしないと、比べることができません」

わかったわ、と言うと、瑠璃は小刀を鎌首だけで繋がっている初音の胸もとに向ける。そして乳房の形をなぞるように、刃をすうっと動かしていく。

すると、ぱくっと左右の乳房の形に、黒装束の布が切り裂かれた。

たわわに実った乳房があらわれる。

「まあ、きれいなお乳ね」

初音の乳首はすでにつんとしこっていた。谷間が汗ばんでいる。横から瑠璃が手を出してきた。乳首を摘まむと、こりこりところがす。すると、

「はあっんっ」

と、初音が敏感な反応を見せた。鎌首を強烈に締めてくる。

「う、ううっ」

ここは耐えるところではない。一刻もはやく射精させなければ。が、不思議なもので、いくら気持ちよくても、出さなければと思うと、意外と出せない。出したくないと思うと、出そうになるのに……。

瑠璃が乳首から手を引いた。今度は妖しい美貌を初音の乳房に埋めていく。そして乳首を唇に含むと、強く吸った。

「ああっ、いいっ」

初音が歓喜の声をあげる。喜三郎は腰を突きあげていった。下からずぶずぶと突きあげていく。

「ひいっ、いい、いいっ、魔羅、魔羅っ」

「あら、ずるしてはだめよ」

と言う瑠璃の前で、初音は喜三郎の責めによがり泣く。

その声に、伸びていた赤銅色が目を覚ました。あごをさすりつつ、起きあがる。

「おう、乳だっ」

と叫び、赤銅色が迫ってくる。右の乳房には、瑠璃が顔を埋めていた。左の乳房は空いていた。そこに、欲望のまま手を出していく。

「なにをするっ」

と、喜三郎が叫ぶなか、日雇取りの節くれ立った手が、姫様の高貴な乳房に食いこんだ。

「ああ、たらまねえ」

涎を垂らし、こねるように揉んでいく。

「あ、ああっ、あああっ」

初音が今までにないような声をあげた。喜三郎の鎌首を万力のように締めてくる。

「すごいわね」

右の乳房から顔をあげた瑠璃が、初音の反応に目を見張る。

「ああ、ああ、たまらねえよっ。ああ、姫様の乳だよっ」

赤銅色が揉みしだきつづける。

するると、初音を抱えているだけの髭面が怒り出す。

「おいらも、揉ませろっ」

そう言うと、初音の腰から手を引いた。支えを失った躰が下がり、垂直にずぶずぶと喜三郎の魔羅を呑みこんでいく。

「あうっ、うんっ」

「おうっ」

初音と喜三郎は茶臼の形で完全に繋がった。空いている右の乳房に髭面が手を出し、節くれ立った五本の指を、雪のように白い乳房に食いこませていく。

「ああっ、なんて乳だいっ」

髭面も嬉々とした声をあげ、こねるように揉みしだく。

喜三郎は射精させるべく、突きあげる。

「あ、ああっ、あああっ、いい、いいっ」

ふたりの日雇取りに乳房を揉みくちゃにされつつ、喜三郎に突きあげられ、初音は歓喜の声をあげ、黒装束に包まれた躰をがくがくと震わせる。

「ああ、気を、気をやりますっ」

「ああ、出そうだっ、ああ、出そうだっ」

「くださいっ。香坂様の精汁を初音にくださいっ」

女陰も、くださいい、と上から下まで魔羅を締めあげてくる。

喜三郎は肉の襞を削り取るような勢いで、腰を上下させる。

「あ、ああっ、い、いく……いくいくっ」

と、初音が叫ぶと同時に、喜三郎も吠(ほ)えた。

「おう、おうっ」

と、雄叫びをあげて、射精させた。三発目なのがうそのように、どくどくと噴射する。姫様の子宮(こつぼ)を白く染めていく。

「いくいくっ」

初音はいまわの声をあげつづけた。

五

「初音、おまえの気をやる声が外まで洩れていたぞ。幸田藩の姫として、もう少し慎(つつし)みを持ったらどうだ」

蔵の戸が開き、彦次郎が入ってきた。

それでも日雇取りたちは初音の乳房を揉みつづけている。揉み心地がよくて、放せないのだ。

初音もはあはあと荒い息を吐きながら、喜三郎と茶臼で繋がったままだ。

彦次郎が迫ってくる。着流しであった。

初音の真横に立ち、そしてしゃがむと、あごを摘まんだ。

「よき顔ではないか。そのような顔、はじめて見たぞ」

ここでようやく、初音は我に返った。

「殿……」

初音は茶臼の形を解こうとした。

「そのままでよい。喜三郎と繋がったままでよいぞ」

殿と聞いて、日雇取りたちもあわてて乳房から手を引こうとする。

「おまえたちも、そのままでよい」

と、彦次郎が言い、日雇取りたちはありがとうございます、と頭を下げ、そのまま乳房をつかみつづける。

「叔父上、抜け荷をなさっていますよね」

「そうだな」

と、彦次郎はあっさりと認めた。

「すぐに、おやめくださいっ」

喜三郎と繋がった状態で、初音は訴える。喜三郎は三発出していたが、勃起させたままでいた。三発出して萎えかけていたが、彦次郎が姿を見せると同時に、股間にあらたな血が注がれはじめたのだ。

どうやら、異常な状況になればなるほど、勃起するようになっている。

「おまえも知ってのとおり資金難で、廓作りが中断しているのだ」

「だからといって、抜け荷など、なりませんっ」

「わしは民のことを思って、抜け荷をやっているのだぞ」

「民のことを……思って……」

「そうだ。資金難なら、民から取りたてる年貢の割合を増やせばよいだけだ」

「なにをおっしゃっているのですかっ」

「だから、民のことを思って、年貢の取りたてはそのままで、ほかの手段で資金を集めているのだ。よき藩主であろう」

そう言って、彦次郎が初音の頬を撫でる。

初音は彦次郎をにらみつけるが、気をやった直後で、しかもまだ女陰で魔羅を咥えたままのこともあり、眼力に迫力がない。

「乳から手を放せ」

と、彦次郎が日雇取りたちに命じる。へいっ、とふたりはすぐに手を引いた。節くれ立った手で揉みくちゃにされていたふたつのふくらみが、すぐさま美麗なお椀形に戻る。

が、繊細な肌ゆえ、男たちの手形が無数に残っている。それがまた、そそった。

「きれいな乳であるな」

亡くなった兄の娘である初音の乳房をはじめて目にして、彦次郎は目を細める。手を出しそうになるが、やめる。無類のおなご好きではあるが、ぎりぎりで節度を保っている。

「喜三郎、おぬし、このようなときでも勃たせているのか」

繋がったまま衰えを知らない喜三郎を、彦次郎はあきれた顔で見下ろす。

「抜け荷はおやめください」

「姫の生娘の花を散らした浪人風情に言われたくないわ。初音を引きあげろ」

と、彦次郎が日雇取りたちに命じる。ふたりの日雇取りが、喜三郎と繋がったままの初音の腰をつかみ、引きあげようとする。が、引きあがらない。

「なにをしているっ。はやくしないか」

へいっ、と怪力自慢の赤銅色と髭面が二の腕の瘤を大きくさせて、引きあげようとする。が、引きあがらない。

「まさか女陰で魔羅を締めて、動かぬようにしておるのかっ」

彦次郎が驚きの声をあげる。

「うう、うう……」

喜三郎はうなっていた。日雇取りたちが引きあげようとした刹那より、魔羅が折れそうなほど締めあげられていた。

「この魔羅は私だけのものです」

と、初音が言う。

剝き出しの乳房はいつの間にか、あぶら汗まみれとなっている。

「はやく、引きあげないかっ」

へいっ、と赤銅色と髭面が、歯を食いしばって引きあげた。

ようやく初音の股間が上がり、割れ目から精汁とともに喜三郎の魔羅が出てくる。それは三度放ったのがうそのように、天を衝いている。

「瑠璃、喜三郎の精汁を絞り取れ。干からびるまで絞り取るのだ」

と、彦次郎が命じる。

「はい、お殿様」

瑠璃が喜三郎の股間を跨ぎ、恥部を下げてくる。

「小さくしてくださいっ、香坂様っ」

と、初音が訴える。喜三郎もそうしたいのだが、まったく勃起が衰えない。その先端が熱い粘膜に包まれる。

「あう……うんっ」

瑠璃が形のよいあごを反らしつつ、喜三郎の魔羅を呑みこんでいく。すぐさま、ずぶりとすべて瑠璃の中に埋まった。

瑠璃は股間をうねらせるとともに、上体を倒していく。そして、たわわな乳房をぶ厚い胸板に押しつけつつ、喜三郎の口に唇を重ねていく。

「舌を吸ってはなりませんっ、香坂様っ」

と、初音が悲痛な声で訴える。

喜三郎はかたく口を閉じていた。が、瑠璃が乳首を摘まみ、ひねってきた。

ううっ、と開いた口に、ぬらりと瑠璃の舌が入ってきた。喜三郎の舌がからめとられる。こうなるともう抗えない。

瑠璃は大量の唾を注ぎながら、繋がっている股間を激しく上下に動かす。杭打ちをしているようだ。

「う、ううっ、ううっ」

喜三郎はうめきつづける。すでに三度出しているから、そうそう出すことはないだろうと思っていたが、甘かった。

容赦ない杭打ち責めと唾たらしに、喜三郎の躰はとろけていく。魔羅はじんじん痺れていた。

「香坂様っ、出してはなりませんっ」

初音が叫ぶなか、喜三郎ははやくも今宵四発目の精汁を瑠璃の子宮に向けて、ぶちまけていた。

「う、ううっ」

雄叫びを瑠璃の喉に向けて放ちながら、喜三郎は大の字に拘束されている躰を痙攣させる。が、恐ろしいのはこれで終わりではないことだ。

瑠璃はそのまま唾を注ぎつつ、杭打ちを続けている。股間からぬちゃぬちゃと淫らな音が聞こえてくる。

「ああっ、すごいわっ。喜三郎っ、まだ勃っているのねっ」

瑠璃も全身にあぶら汗を浮かせていた。火照（ほて）った肌から、牡（おす）の股間を直撃するような匂いが発散されている。

喜三郎はそれを間近で嗅（か）ぎつづけている。

瑠璃のよがり声と、杭打ちのぴたぴたという音だけが、蔵の中に響きわたる。

「やめろっ、もうやめてくれっ」

「出してっ、たくさん出して、喜三郎っ」

「おうっ」

と吠えて、喜三郎は今宵五発目を瑠璃の中にぶちまけた。

が、まだ終わりではなかった。

第四章　妻の鏡

一

美緒は一睡もしないまま、夜が明けた。

喜三郎が夜釣りのつきそいに行くと言って出かけて、もう三晩が過ぎていた。恐らく、つきそいの相手は幸田藩の姫である初音だと思った。夫婦になったら、二度と初音とは会わないと言っていたが、また会っていた。

が、三晩も戻ってこないとなると、ただまぐわうために会っているのではなさそうだ。喜三郎の身に、大変なことが起こっている気がした。

美緒は手習い所を休みにしてもらい、幸田藩の上屋敷に向かった。大垣屋の誠一郎とはあれからなにもなかったが、手習い所には変わりなく顔を見せていた。

笑顔で娘の瑞穂を見ているかと思えば、ねばついた目で美緒を見ることもあり、また、つらそうな顔で見ていることもあった。

美緒の存在が、真面目ひとすじの誠一郎を苦しめていた。

美緒は幸田藩の上屋敷に向かってはいたが、なにかあてがあるわけではなかった。じっとしていられなくて、足を向けていた。

上屋敷についたが、門は閉じている。訪いを入れるのも、憚られる。そもそも、門番になんと言っていいのかわからない。

――初音姫はいらっしゃいますでしょうか。

などと聞けるわけがない。そもそも、門前払いとなるだろう。

門のそばで悩んでいると、門が開いた。中から黒塗りの駕籠が出てきた。お忍び駕籠だ。藩主がお忍びで出かけるのだろうか。

黒塗りの駕籠が脇を通っていく。それを見送っていると、駕籠が止まった。そして、戻ってくる。

美緒の前で駕籠が下ろされた。そして先棒が片膝をつき、戸を開いた。

中には着流し姿の武士が座っていた。

「どうした。屋敷になにか用があるのか」

と、武士が鷹揚に問うた。

「香坂喜三郎の妻、美緒と申します」

そう名乗ると、

「喜三郎の妻となっ」

と、武士が目を見開いた。そして、じっと美緒を見つめてくる。

その視線に男を感じた。誠一郎が美緒を見る目と同じだった。

「香坂をご存じなのでしょうか」

「喜三郎が家に戻らぬから案じて、ここまで来たのだな」

「そのとおりでございますっ」

美緒はすがるように武士を見た。

「わしはこれから喜三郎のもとに行くのだ。駕籠を用意させるから、それに乗って来い」

と、武士が言った。

「あの、あなた様は……」

「わしは幸田藩主の彦次郎じゃ」

「お、お殿様……」

彦次郎といえば、初音姫と敵対していると喜三郎から聞かされていた。無類のおなご好きだとも……。

「どうした、美緒さん」

と、はやくも名前で呼んでくる。小袖(こそで)の上から、裸体を見すかされているような気になる。

ついていってていいのだろうか。しかし、彦次郎はこれから喜三郎に会いに行くと言っている。ついていけば、喜三郎に会えるのだ。この機会を逃したら、後悔するだろう。

「ありがとうございます」

と、美緒は深々と頭を下げた。

美緒は彦次郎が用意させた駕籠に乗っていた。落ち着くと、真(まこと)に喜三郎に会えるのか、と心配になってくる。彦次郎は私の躰(からだ)を欲しがっているだけなのではないか、と思ってしまう。

けれど、引き返せない。引き返したら、お菊長屋で喜三郎の帰りを悶々(もんもん)と待つだけの日々となる。

駕籠が止まり、下ろされた。垂れがめくれた。

「あっ……」

美緒は目をまるくさせた。いきなり裸のおなごが立っていたからだ。

これはどういうことなのか。

「美緒様でいらっしゃいますね」

と、裸のおなごが聞いてくる。かなりの美形で、豊満な乳房の持ち主だった。

「は、はい……」

「どうぞ」

と、裸のおなごが手を出してくる。美緒はためらった。裸のおなごの手を取れば、取り返しのつかないことに巻きこまれそうな気がした。

西国にいた頃の、生娘の美緒だったら、ここで帰っただろう。けれど今の美緒は、あの頃の美緒とは違っていた。

この躰には、喜三郎以外の男たちの魔羅も突き刺さっているのだ。子宮に精汁も浴びているのだ……。

美緒は裸のおなごの手を取った。駕籠から出た。すると、黒塗りの駕籠が視界に入った。

「こちらに」

と、裸のおなごが手を引いてくる。

りっぱな屋敷であった。お忍び駕籠で来たということは、ここは恐らく彦次郎の隠れ家なのであろう。隠れ家ということは、ここに喜三郎がいる可能性も高かったが、それと同時に、躰を彦次郎のものにされてしまう恐れもあった。

上がり框には、別のおなごがいた。こちらも裸で、豊満な乳房であった。

どうやら、幸田藩主は乳が大きなおなごが好みのようだ。顔立ちも似ている。

ふと、美緒自身にも似ていると思った。

真にここに喜三郎がいるのだろうか。

「ここに、おみ足を」

と、上がり框のおなごが盥を指さす。美緒が上がり框に腰を下ろすと、最初に出迎えた裸のおなごが草履を取り、足袋を脱がせてくれる。

美緒が盥の水に足を入れると、ていねいに洗いはじめる。正面のおなごとそばに控えるおなごの剥き出しの肌から、なんともいえない甘い匂いが漂ってきている。

足を洗い終え、盥から上げると、そばに控えるおなごが木綿の布でていねいに拭ってくれる。なんとも心地よく、案じる気持ちが薄れていった。

「こちらにどうぞ」

と、上がり框で出迎えたおなごが先に立ち、廊下を歩きはじめる。おなごの尻はぷりっと張っていた。それが、長い足を運ぶたびに、誘うようにうねる。おなごの美緒でさえ、その動きに見惚れてしまう。

廊下を進むと、庭が見えた。そして、襖の前に正座をすると、

「いらっしゃいました」

と、中に声をかける。すると、

「あ、ああっ」

と、彦次郎ではなく、おなごの声がした。嬌声である。

美緒はどきりとした。

「あっ、あああっ、ああっ」

おなごの喘ぎ声がずっと聞こえてくる。

正座していたおなごが襖を開いた。すると、上座に彦次郎の姿が見えた。

美緒は目を疑った。幸田藩主もおなごたち同様、裸だったのだ。下帯さえ着けておらず、まさに素っ裸だった。しかも、魔羅は天を衝いていた。

そのそばに、裸のおなごがいた。おなごは蹲踞の姿勢をとっていた。蹲踞の姿勢をとったまま、下半身を上下させている。股間に魔羅を模したものが出入りしていることに気づき、下半身を上下させている。

「あっ」

と、思わず声をあげてしまう。

が、おなごは腰の上下をやめない。蹲踞の姿勢のまま、畳に固定された張形を、女陰で貪っている。おなごは全身あぶら汗まみれだった。ずっと、見世物になっているのだろう、と思った。

「待っておったぞ」

と、彦次郎が声をかける。

美緒はためらった。どう考えても、中に入るのは身が危ない。けれど、あとにも引けない。

「どうした、美緒さん。喜三郎に会いたくないのか」

失礼いたします、と頭を下げて、美緒は座敷の中に入っていく。すると、おなごの体臭がむっと濃く感じられた。

美緒が下座につくと、襖が閉じられた。

「あっ、ああっ」

蹲踞のおなごが美緒に、妖しく潤ませた瞳を向けてくる。色に取り憑かれたような、発情した牝の目をしている。

その目から、美緒は目を離せなくなる。そこに、自分の姿を見たからだ。

「あ、ああっ、あああっ、い、いく」

と、いまわの声をあげ、裸のおなごがあぶら汗まみれの裸体を痙攣させた。

美緒は自分も気をやったかのように、ふうっと息を吐く。

そんな美緒を、彦次郎はにやにやと見つめている。

気をやったおなごが腰を引きあげていく。割れ目から張形があらわれる。それを見て、腰巻の奥が疼いた。

喜三郎の勃起させた魔羅にそっくりだったからだ。鎌首の張り具合といい、胴体の反り具合といい、喜三郎の魔羅を見ているようだ。

その魔羅が、おなごの吐いた蜜でどろどろになっている。ふと、喜三郎がこのおなごをいかせたような錯覚を感じた。

「その魔羅、気に入ったようだな」

と、彦次郎が声をかける。

「えっ……い、いいえ……」

「それは喜三郎の魔羅を模したものだ」

「…………」

やはり、そうなのか。

「驚かないようだな。その張形を見て、すぐに喜三郎を思い出すとは、妻の鏡だな」

気をやったおなごは、彦次郎の横に侍った。彦次郎はあぶら汗まみれの乳房をつかみ、美緒の前で揉みしだきはじめる。

「あっ、ああ……」

おなごの声が、座敷に響く。

「喜三郎は、どこにいるのですか。会わせてくださいませ」

魔羅を勃起させた藩主に向かって、美緒はおねがいしますと深々と頭を下げる。

「それをしゃぶったら、会わせてやろう」

と、彦次郎が張形をあごでしゃくる。

「喜三郎だと思って尺八を吹いてみせろ、美緒さん」

こねるように乳房を揉みつつ、彦次郎がそう言う。

美緒は張形ににじり寄っていく。それは畳に打ちつけられていた。

ふと、このままなにも脱がずにいてよいのか、と思う。この屋敷に来てから、ずっと裸の人間しか見ていない。小袖を着ている自分のほうが、失礼な気さえしてきた。

彦次郎の屋敷では、裸こそが正装なのではないのか。しかも張形をしゃぶるのなら、よけい脱いだほうがよいのではないのか。

いや、なにを変なことを考えているのだ。彦次郎がまともではないのだ。

「あの……」

「どうした」

裸になったほうが、と問おうとして口を閉ざす。

そして、あらためて張形と向かい合う。

二

じっと見ていると、喜三郎を思い出す。とても身近に感じる。この屋敷にいる気がする。まさか勃起した魔羅を模したものを見て、喜三郎を強く感じることになるとは……。

「あっ、あああっ」

おなごが甲高い声をあげる。見ると、彦次郎の二本の指がおなごの女陰に入っていた。それを見て、股間がざわざわする。

「尺八をしたら、喜三郎に会わせていただけるのですね」

うむ、と彦次郎がうなずく。

しかし、なんという藩主なのだ。確かに、このようなおなご狂いの男が藩主では、初音姫も気が気でないだろう。

美緒は張形に唇を寄せていく。しばしためらったあと、ちゅっと先端にくちづけた。おなごの味がした。が、それだけではなかった。魔羅の味も混じっていた。

そう感じるだけだ。これは張形であって、生身の魔羅ではない。

美緒は舌を出すと、ぺろりと裏筋を舐めあげる。

すると、自分が舐められたみたいに、彦次郎がうなった。そそり立ったままの魔羅がひくつく。

美緒は彦次郎の魔羅から目を離せなくなった。彦次郎の魔羅を見つめつつ、喜三郎の魔羅を模した裏筋を舐めあげつづける。

「はあっ、ああ……」

自然と甘い吐息が洩れる。

幸田藩主に見られながら、喜三郎の魔羅を舐めているような気になってくる。

美緒は唇を開くと、鎌首を咥えた。咥えずにいられなくなってきたのだ。くびれまで咥え、じゅるっと吸う。もう、おなごの味も生身の魔羅の味もしなかった。

自分の唾の味だけだ。彦次郎の魔羅の先端に、じわっと我慢の汁がにじんでくるのがわかった。

その我慢の汁から目を離せなくなる。藩主が我慢しているのだ。そばに、どうにでもなるおなごがいるのに、そのおなごにしゃぶらせることなく、喜三郎の魔羅を模した張形を舐める美緒を見ながら、我慢汁を流しているのだ。

「うんっ、うっんっ」

美緒は張形を貪りはじめた。はやく、わしのをしゃぶれ、と命じてほしい。命じてください、とおねがいするように、美緒は張形を貪っていた。

「おいしそうにしゃぶるな、美緒さん。よきおなごだ。このようなおなごを妻にしながら、姫とも乳くり合っている喜三郎がうらやましいのう」

美緒は唇を引きあげた。そして、

「喜三郎は初音姫といるのですか」

と聞いた。

「おまえが待っている家に帰らないのだろう。初音が喜三郎の魔羅を放さないのだ」

「初音様が……」

「初音は喜三郎と結託して、抜け荷に手を出しているのだ」

「抜け荷……まさか……」

「幕閣が知る前に、わしが捕らえたのだ」

「うそですっ。喜三郎が抜け荷など、ありえません。なにかの間違いですっ」

「今、ふたりを牢に入れておるのだ」

「牢にっ」

「裸で、同じ牢にな」

「すぐに出してくださいっ。おねがいしますっ」

美緒は彦次郎へとにじり寄っていく。おねがいするために近寄っているのか、それとも彦次郎の魔羅をしゃぶりたいために寄っているのか、美緒自身わからなくなっている。

「お殿様、すぐに喜三郎に会わせてくださいませっ。同じ牢に入れていたら、喜三郎は干からびてしまいますっ」

「ほう、干からびるか」

「はいっ。ふぐりが空になるまで、姫様の中に……」

おねがいしますっ、と美緒はゆるしを得る前に、藩主の鎌首にしゃぶりついていた。我慢汁を啜り取る。

「ううっ、勝手に咥えてきたおなごははじめてだ」

「うんっ、うっんっ」

美緒は鈴口から、我慢汁を吸い取っていく。藩主の我慢汁は美緒の股間を直撃していた。舐めれば舐めるほど、もっと欲しくなる。彦次郎の魔羅を欲しくなる。

美緒はそのまま、反り返った胴体を呑みこんでいく。根元まで咥えると、吸いあげていく。

「おう、これは喜三郎じこみなのか。いや、違うな。ううっ、品のよい顔をしながら、いろんな魔羅を知っているようだな」

吸うそばから、あらたな我慢汁が出てくる。

「うんっ、うん、う、うっんっ」

美緒は知らずしらず、藩主の魔羅を貪り食っている。

躰が熱い。

「はあっ……」

美貌を引きあげる。あらたな我慢汁が目に入る。するとすぐに舌を出し、ぺろりと舐め取る。

「ほう、わしの汁が好きか、美緒さん」

「はい……」

と、美緒はうなずく。

「旨いか」

「はい。お殿様のお汁を舐めると……あそこが、ぞくぞくします……」

はあっ、と火の息を洩らす。

私はいったいなにを言っているのだろう。そうか……この異常な状況が、私の躰を熱くさせるのだ。夫婦となった喜三郎とのまぐわいには燃えないが……誠一郎とのまぐわいを想像するだけで躰が疼いてしまうのと同じだ。

今、これまでまったく経験したことのない状況の中にいる。出てくる者はみな全裸。会ったばかりの殿様の前で、おなごの蜜たっぷりの、喜三郎の魔羅を模した張形を舐めた。そしてそれに昂り、美緒自ら殿様の我慢汁を舐めている。

異常な状況でこそ燃える美緒の躰が、発情していた。

「ああ、美緒さんに舐められて、入れたくなったぞ」

脱げと言われると思い、美緒は覚悟した。いや、腰巻の奥を疼かせていた。

が、彦次郎は女陰をまさぐっていたおなごを引きよせた。

「跨れ。乱れ牡丹だ、ゆず」

と、彦次郎が命じると、ゆずと呼ばれたおなごが立ちあがり、ずっと天を向いている魔羅を逆手に持ち、両足を開いた。

ゆずの割れ目が開き、中の粘膜があらわれた。そこは大量の蜜であふれ、肉の襞が蠢いていた。

このおなごも、私と同じように、この状況に感じているのだ。私の女陰もきっと、同じようになっている。

ゆずの割れ目が彦次郎の鎌首を捕らえた。そのまま、ずぶずぶと呑みこんでいく。

「あ、ああっ」

と、ゆずだけでなく、間近で見ている美緒も喘ぎ声を洩らしていた。

そんな美緒を見て、彦次郎の目が光る。

一気に根元まで呑みこむと、ゆずが腰を上下させはじめる。魔羅の太さに開いた割れ目から、はやくも蜜まみれとなった胴体が出入りする。その淫ら絵がはっきりとわかり、そこから美緒は目をそらせなかった。

「あ、ああっ、ああっ」

「客がいると、よく締まるのう、ゆず。これから、おまえとまぐわうときは、客の前がよいな」

「ああ、ああっ、違います……お殿様……」

「なにが違うのだ」

「あのお方の目に……感じるのです……ああ、ゆずと同じ目をしています」

「おまえと同じ目か」

彦次郎が動きはじめた。激しく突きあげていく。

「いい、いいっ……魔羅、魔羅っ、いいっ」

ゆずが歓喜の声をあげる。

美緒は知らずしらず太腿と太腿をすり合わせていた。腰巻の奥がうずうずしてたまらない。

彦次郎はなにゆえ、私に裸になれ、跨ってこい、とお命じにならないのか。繋がらないと、喜三郎には会わせないぞ、とおっしゃらないのか……。

ああ、なんて愚かなことを考えているのだろう……なんてふしだらなおなごになってしまったのか……。

これはこれまで美緒の女陰に注がれた男たちの精汁のせいだ。

仇であった元勘定方の成瀬監物の精汁を浴び、吉川家の汚名返上のために、江戸家老の間宮光之助の精汁を浴び、そして妙蓮寺の生臭坊主である珍念の精汁も子宮で受けている。

この男たちの精汁が美緒の躰に浸透し、そして淫らな好き者おなごの躰へと変えてしまっているのだ。

それは喜三郎と夫婦になったからと言って、変わるものではない。むしろ刺激のない暮らしが、異常なまぐわいを求めるようになっているのではないのか。

彦次郎の魔羅がゆずの女陰にずぶずぶと出入りしている。そこからは、ぬちゃぬちゃと蜜が弾ける音も聞こえてくる。

「立てっ」

と、彦次郎がゆずの尻を張る。あんっ、とゆずが声をあげたが、美緒も、あんっ、と声をあげていた。そのことに、美緒は気づいていない。

ゆずの割れ目から彦次郎の魔羅があらわれる。先端からつけ根まで、ゆずの蜜でぬらぬらだ。

「舐めるか、美緒」

と、彦次郎が呼び捨てで呼んだ。そのことにも、美緒は気づいていない。

じっと彦次郎の魔羅を見つめている。

「美緒様っ」

と、ゆずが声をかけ、美緒ははっと我に返った。

「舐めてさしあげて」

と、ゆずが言う。美緒は言われるまま彦次郎に、いや、そそり立つ魔羅に迫っていく。そして唇を開くと、鎌首にしゃぶりついていった。すぐさま根元まで咥え、吸いあげる。

「うんっ、うっんっ」

美緒は幸田藩主の魔羅を、たった今までゆずの女陰に入っていた魔羅を、貪り食っていく。女陰が、脳髄が焦がれていく。

欲しい。はやく、これが欲しい。これで女陰を突かれたい。

ああ、どうして裸になれとお命じにならないのですか……ああ、どうして美緒にも跨ってこいとお命じにならないのですか……。

三

喜三郎はまた勃起させていた。瑠璃相手にもう数えきれないくらい射精したが、檻に入れられ、真正面にいる初音とあずみの裸体を見ていると、すぐに大きくさせてしまうのだ。

抜け荷の証を手に入れるべく、遠州屋の蔵に入って捕らわれてから、もう三日が過ぎていた。

ここがどこなのかはわからないが、広い座敷のような空間に、大きな檻が向かい合わせに置かれ、ひとつの檻には喜三郎がひとりだけ、そして向かいの檻には、初音とあずみが入れられていた。

喜三郎も初音も、そしてあずみも素っ裸であった。ここ三日、檻で暮らすようになってからは、なにも着けていない。

この三日の間、彦次郎がよく姿を見せていた。そして、全裸で檻に入っている姫を、ぎらぎらした目で見ていた。

彦次郎が頻繁に顔を見せることから、奥山の別邸のそばかもしれないと思いはじめていた。そばというより、別邸の中ではないか、とも思われた。

三日捕らわれたままでいるだけに、座敷のような空間は、初音とあずみの体臭でむせんばかりとなっていた。

喜三郎だけが汗を拭われ、初音とあずみは放っておかれていた。だから、男の汗の臭いはなく、常にふたりの美女の汗の匂いだけが充満していた。

檻と檻の間には鎹が四方に打ちこまれた畳があり、喜三郎はそこに磔にされて、瑠璃に魔羅を貪り食われた。

檻の中から初音とあずみが見ていたが、尺八を吹かれると、すぐに勃起させ、茶臼で繋がり、精汁を絞り取られていた。

さっきまで瑠璃が喜三郎の魔羅を貪り、三発出させると出ていった。

喜三郎の両足首には重りをつけた鎖が巻かれ、反撃の手段を断たれていた。もちろん反撃の機会は窺っていたが、檻から出されると、ひたすら精汁を絞り取られ、常に腰がふらついていた。

三度の食事は裸のおなごが持ってきた。汗も喜三郎だけ裸のおなごが拭いてくれていた。

　戸が開いた。彦次郎が入ってきた。いつもは着物をつけていたが、裸であった。魔羅が見事に天を向いている。

「叔父上、はやく私を出してください。三日も藩邸にいないと、大騒ぎになっているはずです」

「それは安心しろ、初音。おまえには抜け荷の疑いがかかっていることになっている。わしが捕らえて、吟味していることになっているのだ」

「ばかなことをっ。私が抜け荷などするわけがないではないですかっ」

「そうかな。藩士たちは信じているようだぞ」

　彦次郎の魔羅が初音とあずみの裸体を見て、ひくつく。

　さすがの彦次郎も初音の裸体を見るだけで、手を出してはこない。まだ、ぎりぎりの理性は保っている。が、いつ、それが吹っ飛んでしまうかわからない。

「喜三郎、相変わらず、勃っておるな」

　喜三郎の檻に近寄り、彦次郎がそう言う。

　ふと彦次郎の躰から美緒の匂いがした気がした。躰というより、魔羅から……美緒の匂いが……まさか、気のせいだろう。

「どうした、喜三郎。わしの魔羅に興味があるのか。瑠璃に抜かれすぎて、おなごはいやになったか」

やはり、美緒の匂いがする。美緒の匂いを嗅がせるために、裸でやってきたのではないのか。いや、そもそも美緒とまぐわっている途中に、ここに姿を見せたのでは。まさか……。

「どうした、喜三郎」

「い、いいえ……ここから、はやく出してください」

「出したら、わしを抜け荷の罪で訴えるのであろう。そんなことをされたら、我が藩はお終いだ。大切な藩士が路頭に迷うことになる」

「このままずっと姫を檻に捕らえているおつもりかっ」

「瑠璃の中に出しつづけるおまえに愛想をつかすのを待っているのだが、まだのようだな」

初音は鉄格子越しに、喜三郎を見つめている。その瞳には、喜三郎を思う気持ちが感じられた。

目の前でほかのおなごの女陰によがり、何十発も出しているというのに、初音は喜三郎に失望することがない。

「黒崎藩の高時のところに嫁に行くと誓えば、すぐに出してやるのだ」

そう言いながら、彦次郎が初音の檻に迫る。

初音とあずみがはっとした表情を浮かべた。ふたりも、美緒の匂いを嗅いだのではないのか。

「どうだ。檻から出たいだろう」

「抜け荷の件は表沙汰（おもてざた）にはしません。だからすぐに藩主の座を降りてください」

「今、わしが降りたら、幸田藩はどうなる。世継（よつぎ）で混乱するだけだ」

「すぐに私が高時様を婿（むこ）にもらいます」

「高時が来るかな。あやつには縁談があるそうではないか。越後一の美人姫だとか」

「高時様はほかの姫には惑いません」

「たいした自信じゃな」

初音を目の前にして、彦次郎の魔羅がひくひく動きつづけ、そして我慢汁をにじませはじめる。

亡き兄の娘を見て、我慢汁を出しているのだ。

「おまえを見ていると、やりたくなる」

彦次郎が魔羅を揺らしつつ、座敷から出ていった。

「美緒の匂いを嗅がなかったか、初音どの」

と、喜三郎はすぐさま問うた。初音が、あずみを見た。あずみがうなずく。

「嗅ぎました……」

「やはり、そうか。美緒がわしを探しに、幸田藩の上屋敷を訪ねたのではないのか。そこで、殿に見そめられて……」

「恐らく、そうでしょう……」

初音が苦渋の表情を浮かべる。

美緒が彦次郎の魔羅をしゃぶっている淫ら絵が脳裏に浮かんだのだろう。喜三郎にも浮かんでいた。消したかったが、それは生で目にしたかのように、鮮烈に浮きあがっている。

「すべて、私が悪いのです。私がしっかりしていれば、このようなことには。申しわけございませんっ」

と、あずみが床に額をこすりつける。もう、何度もあずみは詫びている。

「恐らくここは、叔父上の別邸の地下なのではないかと思います」

と、初音が言う。

「そうであるな」

裸の彦次郎が美緒の匂いをさせてあらわれ、すぐに消えてしまった。少なくとも、美緒はすぐそばにいる。

初音たちを監禁し、美緒とまぐわっているとなると、そのような場所はそうそうないだろう。

「はやく、出ましょう」

初音が鉄格子を握り、揺さぶる。

すると、たわわに実っている乳房が揺れる。このようなときなのに、初音の裸体に目が向く。そばにはあずみの裸体もある。あずみも豊満な乳房の持ち主であった。

ふたりが全裸で同じ檻の中にいる姿を見ているだけで、股間が疼いた。

四

彦次郎が魔羅を揺らしつつ、座敷に戻ってきた。

美緒は下座についていた。隣には、ゆずがいる。甘い体臭がずっと漂っている。

「お帰りなさいませ」

と、ゆずはすぐに彦次郎のもとににじり寄っていく。彦次郎の魔羅は反り返ったままだった。厠（かわや）に行ったのだと思っていたが、勃起させたままで用をすませられたのだろうか。

厠ではない気がした。勃起させたままということは、ほかにおなごがいるのだろうか。

彦次郎が座敷の真ん中に立った。するとすぐに、ゆずが足下に正座をして、魔羅にしゃぶりついていく。

彦次郎が美緒を見ている。その目は、おまえなにをしているのだと言っている。

「申しわけございませんっ」

と謝り、美緒も彦次郎の足下ににじり寄った。すると魔羅を根元まで咥えていたゆずが、唇を引きあげ、左に移動した。空いた右手に、美緒は正座した。

彦次郎の躰から、ふと初音の匂いがした。

美緒は、はっとなった。初音に会いに行ったのだ。初音がこの屋敷にいるのだ。ということは、喜三郎もいるっ。

「どうした、美緒」

「い、いいえ……なにも……おしゃぶりさせていただきます」

美緒は長い睫毛を伏せると、ゆずの唾まみれの鎌首に舌をからめていった。

彦次郎はしゃぶれと命じたわけではない。けれど、しゃぶっているゆずを見ていると、そうせずにはいられなくなっていた。

彦次郎は恐ろしい殿様だと思った。反り返った魔羅一本で、おなごを言いなりにしてしまうのだ。

右手から舌をからめると、ゆずが左手から舌をからめてくる。

「うんっ、うっんっ」

と、熱い吐息を吹きかけつつ、舐めてくる。その吐息が美緒にかかる。

いまだに、美緒だけが小袖を着ていた。脱げと命じられなかった。全身は汗ばみ、甘い体臭が小袖の中にこもっている。

ゆずの舌と美緒の舌が触れた。あっ、と舌を引こうとしたが、その前に、ゆずの舌がからんできた。

鎌首の横で、ねちゃねちゃと舌をからませる。

躰がぞくぞくしてくる。おなごの舌でも、いやではなかった。むしろ、ゆずの甘い唾に酔っていた。

「ゆず、尻を出せ」

と、彦次郎が言う。はい、とゆずがその場で四つん這いの形を取り、殿に向けて、ぷりっと張った双臀をさしあげていく。

「もっと、尻を上げろっ」

彦次郎が、ぱしっとゆずの尻たぼを張る。

「あんっ……」

美緒は自分が張られたように、ゆずより大きな声をあげてしまう。

彦次郎が美緒を見る。その目だけで、躰が痺れる。

「あ、あの……香坂喜三郎には……いつ会わせていただけるのですか。ああ、おしゃぶりもしました……」

美緒の問いには答えず、彦次郎が、もっと尻を上げないかっ、とぱしぱしっとゆずの尻たぼを張る。

「あんっ、あんっ、やんっ」

と、ゆずだけではなく、美緒も甘い声を洩らす、小袖に包まれた双臀をぶるっと震わせてしまう。

ゆずの肌は繊細で、はやくも手形がうっすらと浮きあがっている。それから、目を離せなくなる。

彦次郎が尻たぼをつかみ、ぐっと手前に引きあげつつ、魔羅の先端を狭間に入れていった。

「ああっ、お殿様っ」

ゆずがいきなり愉悦の声をあげ、四つん這いの裸体を震わせる。

「香坂喜三郎に会わせてくださいっ」

そう訴えるも、彦次郎はそれには答えず、ゆずをうしろ取りで突きまくる。

「いい、いいいっ、いいっ」

ゆずの白い肌にあぶら汗がにじんでくる。

「喜三郎に会いたければ、素っ裸になって尻を出せ」

「そ、そんなこと……」

できません、と美緒はかぶりを振る。

彦次郎は無理強いはしない。今も捕らえられているわけではない。裸にもされていない。美緒の前で、ゆずの女陰を突きまくっているだけだ。

「あ、ああっ、あああっ」

「今日は、いつもより締まるぞ、ゆず。美緒がいるからかのう」

「あ、ああ、美緒様っ、ああ、並んでっ、お殿様の魔羅をいただきましょうっ」

と、ゆずが妖しく潤ませた瞳で、美緒を見あげている。

「私には香坂という夫がいるのです。会わせていただけると聞いて、参っただけです」

「ああ、いっしょに、お殿様の魔羅にお仕えしましょうっ、美緒様っ」

「どうする、美緒」

ゆずを突きつつ、彦次郎が聞く。

「さきほど、初音様の匂いが、お殿様からしました」

「そうか」

彦次郎は否定しなかった。

「やはり、初音様はこの屋敷におられるのですね。喜三郎も、いっしょなのですねっ」

会わせてくださいっ、と美緒は訴える。

「あ、ああっ、香坂様にお会いしたいのなら……あ、ああっ、裸になって……あ、お殿様に入れていただくのよっ」

四つん這いの裸体を震わせながら、ゆずがそう言う。

美緒は小袖の帯に手をかけていた。美緒の視線は、ゆずの尻の狭間を出入りしている彦次郎の魔羅に釘(くぎ)づけだった。

小袖を脱いだ。肌襦袢(はだジュバン)の腰紐(こしひも)にも手をかける。裸になるのは、喜三郎に会うためか、彦次郎の魔羅が欲しいためか、わからなくなっていた。

肌襦袢も脱いだ。美麗なお椀形(わんがた)の乳房があらわれる。

「ほう、よき乳をしておるな。こんな乳を持った妻を持ちながら、初音と離れられないとはな」

「喜三郎は、今も初音様とまぐわいを……しているのですかっ」

「ふぐりが空になっても勃っておるぞ」

「ふぐりが空……そんなに初音様と……いやいやっ」

美緒は腰巻も取った。下腹の陰りがあらわれる。恥毛は薄く、おなごの縦筋があらわだ。

それを見て、ゆずの中で彦次郎の魔羅がひとまわり太くなった。

「ああっ、また、大きくなりましたっ」

と、ゆずが叫ぶ。

「ああ、美緒様、こちらに」

と、ゆずが隣を指さす。あそこに並んだら、取り返しがつかないことになるのではないのか。

彦次郎の我慢の汁を舐めただけで、躰がおかしくなっているのだ。うしろ取りで魔羅を突っこまれたら、恥ずかしいくらいよがり泣いてしまうのではないのか。

美緒は自分の躰を信用していなかった。異常な状況であればあるほど、感じてしまう躰になってしまっていた。

「あ、ああっ、気をやりそうですっ、お殿様っ」

ゆずが舌足らずにそう訴えると、彦次郎がゆずから魔羅を引き抜いた。支えを失ったかのように、ゆずが突っ伏した。手形の残る双臀がひくひく動いている。

美緒は抜かれた魔羅を凝視していた。

ふらふらと、ゆずの横に向かうと、両膝を畳についた。そして、両手も畳につくと、彦次郎の魔羅に向かって、双臀を突きあげていった。

「欲しいか、美緒」

「は、はい……」

「では、欲しいと尻を振って誘ってみろ」

「そんなこと……」

できません、と言う前に、美緒は双臀を振っていた。振りながら、

「入れてくださいませ。ああ、お殿様の魔羅を、美緒に入れてくださいませ」

と、哀願していた。

「喜三郎に聞かせてやりたいのう」

彦次郎が尻たぼをつかんできた。魔羅を尻の狭間に入れてくる。蟻の門渡りに鎌首を感じただけで、美緒は四つん這いの裸体を震わせた。

「入れるぞ」

「はい……」

魔羅がずぶりと入ってきた。

「いいっ」

たったひと突きで、美緒は歓喜の声をあげていた。

五

「いいっ」

ふと天井から、美緒の声が聞こえた気がした。

気のせいだ、と思ったが、また、

「いい、いいっ」

と聞こえてきた。

「美緒か、美緒の声かっ」

喜三郎は、鉄格子の向こうの初音とあずみに問う。初音はなにも答えず、あずみは小さくうなずいた。

「なんてことだっ。彦次郎と美緒がっ」

喜三郎は鉄格子をつかみ、激しく揺さぶる。

「誰かっ、誰かっ」

と叫ぶ。すると、おなごが入ってきた。早苗（さなえ）といった。喜三郎たちの飯の世話をしているおなごだ。そのおなごも裸であった。豊満な乳房をしている。

「どうなされましたか」

「出してくれっ、はやく出してくれっ」

と、早苗に向かって叫ぶ。

「私におっしゃられても……」

と、早苗が困惑の表情を浮かべる。

「上に、わしの妻がいるのだっ」

「えっ……」

「魔羅、魔羅っ、いいっ」

と、天井からよがり声が聞こえてくる。

「ああ、美緒……おまえの殿様に突っこまれているのだっ」

早苗が、なるほどという顔をした。

「おまえっ、美緒を見ているのかっ」

早苗はかぶりを振る。

「出すのだっ、はやく出せっ」

早苗が喜三郎の檻から離れていく。

「う、ううっ」

と、初音がうめき声をあげ、上体を折った。

「姫様っ、どうなされましたっ」

と、あずみが案じるように問う。

「うう……腹が……きりきりと痛む……」

と、初音が訴える。

早苗は困惑の表情を浮かべている。仮病だと疑っているのだ。

「なにをしているのっ。医師を呼んでっ」

「でも……」

「このお方は、幸田藩の姫なのよっ。死んだら、どうするのっ」

「今、すぐにっ」

と、早苗が飛び出していく。

初音は上体を折ったままだ。

「初音どの、大丈夫か」

初音が顔を上げた。大丈夫です、と言う。やはり、仮病であった。

早苗がすぐに、別のおなごと十徳を着た男を連れてきた。やはり、ここは彦次郎の別邸だ。医師が常駐しているのだ。

「う、ううっ」

初音は上体を折ってうめいている。

「戸を開くのだ」

と、医師が別のおなごに命じる。おなごは背後を見た。誰かを待っているようだ。別のおなごは芽衣といった。初音たちの世話をするおなごの長であった。ひとりだけ大年増であったが、芽衣も裸であった。

ひとりだけ、熟れた裸体をしていて、それはそれでそそった。

「ううっ、ううっ」

初音が苦悶のうめきを洩らしつづける。

「はやく開けなさいっ」

「用心棒の方が来るまで待ってください」

と、芽衣が答える。すると、ふたりの男が入ってきた。褌一丁で丸太のような腕を見せつけている。

芽衣が鍵を錠前に入れて、戸を開けた。あずみが初音を抱きかかえるようにして、檻から出てくる。

「そこに寝かせなさい」

と、医師が畳を指さす。はい、とあずみが初音を寝かす。

「おうっ」

と、ふたりの用心棒がうなる。この屋敷には裸のおなごがうろうろしていて、裸には見なれているだろうが、そんな男たちでも、初音の裸体には目を見張っていた。

医師もしばし、見惚れている。

「玄庵様」

と、芽衣が声をかける。玄庵ははっと我に返り、初音の腹に触れる。その手が震えている。

「腹が痛むのですか」

「もう少し、下です……」

と、初音が言う。すると玄庵が、腹に置いた手のひらを下げはじめる。

「ここですか」

「もっと下……」

おなごの恥丘に、玄庵の手が迫っていく。そこはただのおなごの恥丘ではないのだ。二万五千石の姫様の恥丘なのだ。

「ここですか」

と、玄庵が恥丘に触れた。すると、

「あっ……」

と、初音が甘い声をあげた。おさねに触れたと思ったのか、はっ、と玄庵が手を引いた。

「う、ううっ」

と、初音がうめき声を洩らし、仰向けになっている裸体をくねらせる。全身にあぶら汗をにじませていて、初音の裸体全体から得も言えぬ甘い体臭が立ち昇っている。

ふたりの用心棒は初音の裸体に魅了されている。いや、医師も魅了されていた。

「中が……痛むのです……」

と、初音がかすれた声でそう言う。

「な、中……ですか……失礼して、診てみましょう」

と玄庵が、すうっと通っている姫の割れ目に指を添える。指先が震えている。

「大丈夫ですか」

と、そばに控えているあずみが聞く。

「大丈夫である。中を見ないとな」

そう言うと、玄庵が初音の割れ目をくつろげていった。

姫の花びらがあらわれた。

「なんとっ」

玄庵が目を見張る。ふたりの用心棒も姫の女陰を見ようと、その場にしゃがみ、顔を寄せていく。

初音の花びらは蜜であふれていた。すでに生娘ではなく、喜三郎の精汁を数えきれないくらい浴びて、大人のおなごとして開花していた。が、そこは姫様の女陰である。開花しつつも、高貴な品というものは失っていない。

発情しつつ、品があるのだ。

玄庵もふたりの用心棒も、初音の女陰に魅了されてしまっていた。

完全に隙ができていた。あずみが立ちあがり、右の用心棒の額に蹴りを入れた。

「ぐえっ」

と、一発で倒れていく。

「なにをしやがるっ」

と、もうひとりが初音の女陰から顔を上げ、あずみにつかみかかろうとしたが、あずみが飛びかかり、顔面に恥部を押しつけていった。太腿を太い首に巻いていく。

「うぐぐ……」

もうひとりの用心棒はうめきつつ、あずみの太腿を引き剝がそうとする。

あずみはぐりぐりと恥部を顔面にこすりつけつつ、太腿で太い首を締めあげていく。

「う、うう……うう……」

二人目の用心棒も首を絞められ、倒れていった。

呆然と見ている玄庵のあごに、初音が膝をぶつけていった。

「ぎゃあっ」

不意をつかれた玄庵が倒れる。

「動くなっ、芽衣っ」

人を呼びに出入口まで走った芽衣を、初音がひと声で止める。

幼き頃より、人に命じなれた姫だけができる技であった。立ちあがった初音は出入口へと向かう。早苗は腰が抜けたのか、畳に尻もちをついている。

「香坂様の檻を開けなさい」

「お殿様の命がないと、開けられません」

「私を誰か知っているわよね、芽衣」

「は、はい……」

「鍵をわたしなさい」

と、初音は芽衣の手から鍵の束を奪うと、あずみに向かって投げた。受け取ったあずみが、喜三郎の檻の戸を開く。

「かたじけない。助かった」

喜三郎はあずみに引かれ、檻から出る。あずみが足首の重りを繋いでいる鍵もはずしていく。

「喜三郎様っ」

と、初音が乳房をぷるんぷるん弾ませ、駆け寄ってくる。そして、喜三郎に抱きついてきた。

甘い体臭とともに、唇を口に押しつけられる。すぐさま、ぬらりと舌が入ってくる。

瑠璃相手にふぐりが空になるまで出していたが、魔羅が鋼のように天を向く。

それを初音がつかみ、舌をからめつつ、ぐいぐいしごいてくる。

「うっ、うっんっ、うんっ」

ぴちゃぴちゃと舌をからめつつ、しごかれていると、あらたな先走りの汁が出る。

「ああ、欲しい。今すぐ欲しいです、喜三郎様」

と、初音が立ったまま、繋がろうとする。

「待つのだ、初音どの。今は一刻もはやくここから出なければ。それに、美緒を助けなければ」

「ああ、そうですね。でも、少しだけ……ください」

と、初音が魔羅の根元を支え、股間を押しつけてきた。先端がずぶりと初音の中に入った。

「あうっ、うんっ」

初音と喜三郎は、同時にうめき声をあげていた。

鎌首が燃えるような粘膜に包まれ、くいくい締められる。

「ああっ、初音どのっ」

初音のほうから、魔羅を深く呑みこんでくる。ずぶずぶと魔羅が女陰にめりこみ、お互いの腰骨と腰骨がぶつかった。

「姫様……」

初音が浪人者と繋がる様を見て、芽衣も早苗も目をまるくさせている。

「ああっ、ああっ、突いてくださいっ、喜三郎様っ」

「こうかっ」

と、喜三郎は真正面から突いていく。

「ああっ、いいっ」

一刻もはやく脱出して、美緒を彦次郎の魔羅から救い出さなければならないのに、初音の女陰に包まれたら、それから逃れることはできなかった。

「もっとっ」

と、初音自ら腰を前後に動かす。喜三郎の抜き差しと相乗効果を生み、強烈な刺激を生む。

「あ、ああっ、もう、もう……い、いくっ」

はやくも初音はいまわの声をあげ、汗ばんだ裸体をがくがくと震わせた。とうぜん女陰も締まったが、喜三郎はぎりぎり射精を耐えた。

「はあっ、ああ……急いでいるときに……ごめんなさい……どうしても喜三郎様の魔羅が欲しくて……」

「わしも初音どのの女陰にずっと入れたかったぞ」

うれしいです、と初音が唇を押しつけてくる。またも、ねっとりと舌をからめ合う。もちろん、女陰でも喜三郎の魔羅を貪っている。

するとまた天井より、美緒のよがり声が聞こえてきた。

「いい、いいっ」

いかんっ、と喜三郎は、初音の女陰から魔羅を引き抜く。初音は、うんっ、と軽くいったような表情を見せ、支えを失ったようによろめいた。

「参るぞっ」

と、裸のまま魔羅を揺らしつつ、出入口へと向かう。

「芽衣、案内（あない）せいっ」

と命じると、はいっ、と芽衣が返事をした。戸を開き、外に出る。すると、いきなり階段があった。やはり、ここは地下のようであった。

芽衣を先頭に階段を上がる。喜三郎の目の前で、芽衣の尻たぼがぷりぷり動いている。どうしても誘っているように見えてしまい、手を出しそうになる。

一階に上がった。廊下を右手に進む。すると、

「あ、ああっ、いい、いいっ」

と、美緒のよがり声が聞こえてきた。

喜三郎は芽衣を押しのけるようにして、よがり声が聞こえる襖を開いた。

六

喜三郎は足を止めた。

座敷の中央で、美緒が彦次郎と繋がっていた。美緒は生まれたままの姿で、四つん這いの形を取っていた。彦次郎がうしろ取りで突いている。

予想はしていたことだが、目の前にすると、躰が動かなくなった。

「ああ、気をやりそうですっ」

美緒が舌足らずにそう訴える。目を閉じていて、喜三郎には気づいていない。

喜三郎自身も声が出なかった。

「あっ、また、大きくなりましたっ……ああっ、お殿様っ」

大きくなったのは、喜三郎たちが姿を見せたからだ。女陰を突いている女の夫があらわれたからだ。

「ほらっ、気をやれ、美緒」

彦次郎がぱんぱんっと美緒の尻たぼを張る。美緒は痛がるどころか、あんあんっ、と甘い声をあげて、魔羅が出入りしている双臀を振る。

「あ、あああっ、いきます……あああ、いきますっ」

今にも気をやりそうになったとき、彦次郎は責めを止めた。

えっ、と美緒が瞳を開いて、首をねじって背後を見ようとした。

そのとき、喜三郎に気がついた。

「あっ……喜三郎さ、様」

その刹那(せつな)、彦次郎がとどめを刺すべく、どどんっと子宮をたたいた。

「ひいっ、いくっ」

美緒は夫である喜三郎に、いまわの顔をさらしていた。

しかも、彦次郎は突きつづけた。それを受けて、美緒も続けて気をやる。

「いくいく、いくいくっ」

美緒のいまわの声が座敷に響きわたる。

「叔父上っ、なにをなさっているのですかっ」

初音が叫び、ふたりに寄っていく。初音も裸のままだ。彦次郎は亡き兄の娘の揺れる乳房を見ながら、喜三郎の妻を突きつづける。

「すぐにやめるのですっ」

と、初音が叫ぶも彦次郎はやめない。美緒も突かれるまま逃げようとしない。

そして、喜三郎も動けずにいた。

「ああ、出るぞっ、美緒っ」

「だめっ、いけませんっ……出してはっ……」

おうっ、と彦次郎が雄叫(おたけ)びをあげ、喜三郎が見ている前でその妻の女陰にぶちまけた。

「ひいっ……いくいく……」

彦次郎の精汁を子宮に受けて、またも美緒は気をやっていた。

「み、美緒……」

「あ、ああ……喜三郎様……」

美緒は四つん這いの裸体を痙攣させる。

「おう、よう締まるぞ。極上の女陰だ。浪人者なんかとは別れて、わしの側室にならぬか、美緒」

そう言いながら、なおも彦次郎は突きつづける。すでに脈動は終わっていたが、魔羅は勃起させたままだった。

「あうっ、うん……」

美緒は彦次郎の責めを四つん這いのまま受けつづけている。美緒は妖しく潤ませた瞳で喜三郎を見つめている。

喜三郎は動けなかった。彦次郎にうしろ取りで責められている美緒は、このうえなく美しく、そして、このうえなく妖艶であった。牝だった。魔羅だけを求める牝だった。

「叔父上っ、恥を知りなさいっ」

と、初音がついに彦次郎の頬を張った。座敷の空気が凍りつく。

が、それは一瞬のことだった。すぐに、

「ああ、あああっ、いいっ」

と、美緒のよがり声が空気を桃色に染めていく。

「おう、くいくい締まるぞ。喜三郎の前でまぐわうのがいちばんだのう。おまえ、我が藩に仕官しないか。美緒は側室、おまえは藩士だ。悪い話ではなかろう」

「いい、いいいっ。ああ、ずっと大きいですっ、お殿様っ」

美緒は錯乱していた。喜三郎から目を離さず、彦次郎の魔羅でよがっている。

そんな美緒を見ながら、喜三郎は勃起させたままでいた。

「美緒さんっ、しっかりしてっ」

と、今度は初音が美緒の頬を張った。すると、美緒がはっと我に返った顔になる。

「初音様っ……ああ、美緒のこのような姿、ごらんにならないでくださいっ」

「はやく、魔羅から逃げるのよっ」

「魔羅から……逃げる……」

美緒は彦次郎に尻を掲げたままでいる。

「喜三郎様っ、なにをしているのですっ。美緒さんを助けなさいっ」

と、じれた初音が喜三郎に向かって叫ぶ。そこでやっと、喜三郎は動いた。魔羅を揺らし、美緒に迫る。すると彦次郎が、

「咥えろっ、美緒っ」

と命じた。美緒が細長い首をさしのべ、助けに迫ってきた喜三郎の魔羅にしゃぶりついてきた。

鎌首をぞろりと舐められ、あっ、と喜三郎は声をあげた。動きを止めている間に、美緒が鎌首を咥えてきた。

先端が美緒の唇に包まれる。

「あうっ、うう……」

喜三郎は躰を震わせた。が、美緒がすぐに唇を引きあげた。

「ああ、たった今まで初音様とまぐわっていたのですね、喜三郎様」

と、彦次郎と繋がりながら、なじるような目を向けてくる。

「いや……それは……」

「初音様の蜜の味がしました。ああ、まだ初音様とまぐわっているのですね」

「い、いや、それは……」

「喜三郎は初音とは縁が切れぬのだ」

そう言いながら、彦次郎が激しく突いていく。抜かずの二発目に入っている。

「あうっ、ううっ、魔羅、魔羅っ」

美緒は初音とまぐわっていることをなじりつつ、目の前で彦次郎に責められよがっている。しかもその姿に、喜三郎は圧倒されている。

なんてことだ。

「いい、いいいっ、いいっ」

またも、美緒が歓喜の声をあげる。

「いきそうっ、また、いきそうですっ」

「よいぞ。何度でも気をやるがよい、美緒っ」

おうっ、と吠えて、はやくも彦次郎が二発目をぶちまけた。

「ひいっ、いくいく、いくいくっ」

美緒は四つん這いの裸体をぐっと反らし、白目を剝くと、がくっと突っ伏した。

「美緒……」

喜三郎は妻の牝ぶりに圧倒されたままだ。

彦次郎が魔羅を抜いた。二発分の精汁でどろどろになっている。

「美緒っ、なにをしているっ」

と、彦次郎があぶら汗まみれの尻たぼを張る。あんっ、と目を開いた美緒は起きあがるなり、目の前で反り返る喜三郎の魔羅を無視して、精汁とおのが蜜まみれの彦次郎の魔羅にしゃぶりついていった。

「うんっ、うっんっ」

喜三郎が見ている前で、彦次郎の魔羅を舐めている。

「殿っ、大事ないですかっ」

と、四人の近習（きんじゅう）が座敷に入ってきた。うしろに早苗がいる。早苗が呼んだようだ。近習は四人とも着流しで一本差していた。鯉口（こいぐち）を切りつつ、迫ってくる。

「姫と喜三郎、そしてあずみを捕らえろ。謀叛（むほん）を企（たくら）んでおるっ」

美緒にしゃぶらせながら、彦次郎がそう命じた。

あずみが、姫っ、と初音の腕を取り、逃げようとするも、呆然と立ちつくす喜三郎が近習に捕らえられるのを見て、逃げるのをやめた。

「姫っ」

と、あずみが初音の躰を揺するも、逃げようとしない。その間に喜三郎は近習の手により、うしろ手に縛られていく。

「姫様、ご無礼します」

と言って、別の近習が初音の両腕を取り、うしろにまわすと縄をかける。

汗ばんだ乳房に縄が食いこんでいく。乳首がぷくっととがっていく。

それを目にして、美緒の口の中で、彦次郎の魔羅がはやくもぐぐっと太くなっていった。

「うう……」

とうめきつつも、美緒は彦次郎の魔羅をしゃぶりつづけた。

第五章　地下牢（ちかろう）

一

黒崎藩の若殿である高時は大川にいた。屋形船に乗りこみ、大川の流れを見ながら、考えごとに耽（ふけ）っていた。

もちろん高時の頭にあるのは、幸田藩の姫である初音のことだ。が、今は初音だけではなかった。そこに、戸嶋藩の姫である百合の姿も並んでいた。

初音。百合。

どちらも、高時にはもったいない姫であった。

――私も獣になってみたいのです……もう、お人形には飽きあきしました。

――高時様のもとに嫁（とつ）げば、お人形扱いではなく、ひとりのおなごとして……接してくださると思ったのです。

「獣になってみたいとは……」

あの品の塊のような姫の口から出るような言葉ではなかった。

かなり動揺していたのだろう。それはそうだ。嫁ぐ相手が見合いの席で、ほかの姫をうしろから突いていたのだから……。

――婿入りなされば、夜ごと、私をうしろ取りで突けますよ。

初音の言葉が百合の言葉を押しのけていく。が、すぐに、

――獣になってみたいのです。高時様なら、百合を獣にしてくださいます。

と、百合の言葉が初音の言葉を押しのけていく。

この世に初音以上の姫はおらぬと思っていたが、まさかもうひとりあらわれるとは。しかも百合は生娘。高時の色に染めることができる。百合を娶れば、父上は喜び、将来は五万石の藩主となれる。

なにより、喜三郎の影に悋気を覚える必要がない。

左手からゆっくりと屋形船が近寄ってくる。舳先にひとりの娘が立っていた。

「あれは……」

百合姫に似ていた。しかし、まさか百合姫が川遊びなど……しかも、高時の屋形船の前を通るなど……偶然すぎる。

屋形船がゆっくりと近寄ってくる。舳先には、百合が立っていた。

「姫……」

百合は物思いに耽っているような表情を浮かべていた。

まっすぐ来るのかと思ったが、違っていた。高時のそばを下流から上流へと通りすぎていく。

百合はこちらを見なかった。憂いを帯びた横顔を見せて、通りすぎていく。

高時は固まっていた。百合姫の美しさに圧倒されていた。美人は笑顔より、憂いを帯びた顔がよいというが、百合姫の場合、まさにそれであった。

百合を乗せた屋形船が通りすぎた。高時は身を乗り出し、うしろ姿を見つめる。

「見たか、木島」

と、そばに控えている近習に問う。

「はい。見ました」

「どうであった」

「雷に打たれました」

「そうか。そうであるな」

少し離れた屋形船がゆっくりと向きを変えはじめた。

「こちらに戻るぞっ」

高時の声が弾む。ゆっくりと上流よりこちらに近寄ってくる。

百合はこちらを見ていた。目が合った。高時はうなずいてみせた。が、百合は表情を変えなかった。相変わらず、憂いを帯びた表情をしている。

悲しそうだ。百合の悲しそうな顔はそそるが、笑顔にしてやりたいと思う。

そばに寄ってきた。

「百合どのっ」

と、高時は思わず声をかけていた。が、百合は高時を見つめたまま、返事をしない。そのまま、屋形船の前を通りすぎていく。

「百合どのっ」

と、遠ざかる背中に声をかける。また戻ってくるだろうと思っていたが、そのまま下流へ進んでいく。

「追えっ、追うのだっ」

と、高時は叫んだ。

永代橋（えいたいばし）のそばで追いつき、百合を乗せた屋形船と並んだ。

「姫、こちらに」

と、高時が腕を伸ばした。すると、百合が笑顔を見せた。その笑顔に、高時は打たれた。まさに雷に打たれていた。百合が手を握ってきた。高時もつかむ。手が震えていた。百合の手が震えているのかと思ったが、違っていた。高時の手が震えていたのだ。

ぐいっと引くと、百合がこちらに移ってきた。

「あっ」

と、声をあげ、勢いのまま高時に抱きついてきた。

「姫っ」

と、屋形船に残る近習が驚きの声をあげた。こちらの近習はなにも言わない。

高時はそのまま百合姫を抱き止めた。かすかに甘い薫り(かお)がした。匂い袋の薫りではなく、百合の肌からにじみ出ている薫りだと思った。

百合は抱きついたままでいた。高貴な美貌(びぼう)を高時の胸もとに埋(うず)めている。

「姫っ、百合姫っ」

と、近習が声をかけている。

「うるさいやつであるな」

と言うと、百合が胸もとで、はい、とつぶやいた。

高時はぶるっと震えた。惚れていた。

ようやく、百合が高時から離れた。高時を見あげる。その京人形のような美貌が、ほんのり染まっている。

これはもう、初音にはない生娘の恥じらいだ。

「どうしても、高時様にお会いしたくて……」

「そうなのか」

やはり、偶然ではなかったようだ。

「高時様が毎日、この刻限に大川にいらっしゃると聞いたもので……」

恐らく、調べさせたのであろう。

「ご迷惑ではなかったですか」

「まさか。わしも百合どのにまたお会いできて、うれしいぞ」

「真ですか……」

「真である」

「では、なにか形で……」

「形、とな……」

「はい……」

とうなずき、じっと高時を見あげている。隣につけている屋形船からは、近習が案ずるように見つめている。いや、目で牽制していた。

高時の近習の木島も、どうするおつもりですか、という目で見ている。

百合が瞳を閉じた。

これはどういうことだ。形とは口吸いのことなのか。いや、それはまずいであろう。生娘の姫の唇を奪ったならば、もう、あと戻りはできない。

そうさせないために、百合は唇を委ねようとしているのであろう。

しかし、百合は初音とまぐわっているところを見ているのだ。獣になりたいとは言っているが、高時でよいのであろうか。

瞳を閉じ、唇を委ねようとしている百合姫を見ていると、無性に唇を奪いたくなる。これは男の性である。

高時は百合の美貌に顔を寄せていく。

「なりませんっ」

と、百合の近習が叫ぶ。

百合は目を閉じたままでいる。わずかに震えている。

唇に重ねようとして、ぎりぎりで高時は頬に口を移動させた。ちゅっと優美な線を描く姫の頬に唇を押しつけた。

それだけでも、百合の躰はぴくっと反応した。そして、それだけでも、

「姫っ」

と、近習がこの世の終わりのような声をあげていた。

高時は口を引いた。木島が、よく我慢なさいました、という目で見ている。

ぎりぎり理性が勝っていた。

「獣にはしてくださらないのですか……」

口を押しつけられた頬にそっと手のひらを当てつつ、百合が聞く。

「獣には、はやいであろう」

「初音姫もすぐに獣になったわけではないですものね」

どうなのだろうか。初音を獣にしたのは、高時ではない。喜三郎である。

「それはわからぬ……」

と、思わず本音をつぶやく。

「えっ……高時様が初音姫を獣になさったのではないのですか」

と、百合が問うように見つめている。とても真摯な目だ。うそはつけない。

「喜三郎という浪人者がおってな。そやつが初音どのを獣にしたのだ」

「浪人者がっ……」

百合が目を見開く。

「殿っ」

どうして、そのようなことをべらべらしゃべるのですか、という目で、木島が見つめてくる。

確かに、どうしてであろう。百合の、濁りがまったくないすんだ瞳で見つめられると、なにもかも話したくなるのだ。

「もしや……今も……」

と、百合がつぶやいた。

「今とは、なんだ」

「いいえ、なにも……」

「教えてくれ、百合どの」

「初音姫にお会いしたくて、文を送ったのですが、返事もなく、どうやら藩邸にいないようなのです」

「初音姫がいないっ」

「もしかしたら、その喜三郎という浪人者と……」

「いや、それはないはずだ……」

　喜三郎は嫁を取り、二度と会っていないと言っていた。もしや、なにかに巻きこまれているのではっ。

「初音姫が心配ですか」

「心配だ」

「喜三郎とまぐわっているかもしれないからですか」

　百合が、まぐわうという言葉を使い、姫っ、と近習が悲痛な声をあげる。

「高時様の心には、初音姫が住んでいるのですね」

「い、いや、そういうわけでは……」

「やっぱり、まぐわっているからですよね」

「いや……」

「どうしたら初音姫を忘れて、百合だけを思ってくださいますか」

「なにゆえ、わしのような……ほかの姫とまぐわっているような男がよいのだ、百合どの」

「初音姫とうしろ取りでまぐわっている姿が……どうしても忘れられないのです……獣になった初音姫がとてもうらやましくて……私が代わりたいと、代わって、四つん這いでお尻を捧げたいと……思いました」

「姫っ、これ以上はっ」

と叫び、近習がこちらの屋形船に乗りこんできた。

「なりませんっ」

と、必死の形相で訴える。

そこで、百合も言いすぎたと気づいたようだ。

「あっ、私としたことが……」

首筋まで赤くなる。そんな恥じらう百合姫が愛おしい。

高時は百合の手をつかむと、ぐっと引きよせた。あっ、と百合がふたたび、顔を胸もとに埋めてくる。

「姫っ、なりませんっ。嫁入り前のお躰ですっ」

近習が叫ぶなか、高時は百合のあごを摘まむと、高貴な美貌を上向きにさせた。

それでなにをされるか気づいたのか、百合は覚悟を決めたような表情を見せる。

唇がややほころんでいた。待っている。姫が高時の口吸いを待っている。

「姫っ、なりませんっ」

近習が泣きそうな声をあげるなか、高時はすうっと顔を寄せ、百合姫の唇を奪った。

百合の躰が強張(こわば)った。高時の躰にも雷に打たれたような電撃が走った。

まだ、唇と唇を合わせているだけであった。舌は入れていない。が、ただ重ねているだけでも充分であった。

高時が口を引いた。百合はうっとりとした顔をさらしている。唇はさらにほころび、いつでも舌を受け入れられるようになっていた。

「ああ、躰になにかが流れました……」

かすれた声で、そう言う。

「わしも流れたぞ」

百合が瞳を開いた。高時を目にするなり、あっ、と声をあげ、ふたたび瞳を閉ざす。

「唇を合わせただけでも……ああ、こんな気分に……ま、まぐわったら……いったい……」

想像で昂(たかぶ)ったのか、あっ、と百合がよろめいた。

高時が抱き止める。

姫様っ、と近習が悲痛な声をあげるなか、高時は姫の無垢(むく)な躰を抱き止めつづけた。甘い薫りが濃くなっていた。

二

「ああっ、魔羅(まら)がっ、魔羅が欲しいですっ」

美緒が彦次郎の魔羅を求めて、汗まみれの裸体をくねらせる。

「もっと、こいつが欲しいか」

そう言って、彦次郎は瑠璃に美緒の割れ目をひろげさせると、あらたな姫泣きの軟膏(なんこう)を爛(ただ)れた女陰(ほと)に塗りこんでいく。

「あうっ、いや、いやですっ。もう、姫泣きの軟膏はいりませんっ、ああ、欲しいのは、魔羅ですっ」

「美緒……」

「やめなさいっ。叔父上、もう塗ってはなりませんっ」

喜三郎と初音、そしてあずみは、檻(おり)がある地下の座敷に戻されていた。

喜三郎、初音は別々の檻に裸のまま入れられ、向かい合う檻に挟まれた畳の部分に、美緒が大の字に磔(はりつけ)にされていた。

ただ礫にされているのではなく、女陰に不気味な軟膏を塗りこまれていた。

「南蛮渡来の姫泣き軟膏はかなり効くようだな」

「気に入っていただけましたか、お殿様」

瑠璃が妖艶な笑顔を見せる。

「こちらにも、もっと塗るか」

と、天井から万歳の形で吊り下げられているあずみの女陰に、彦次郎自ら姫泣きの軟膏を塗りこんでいく。あずみの両足首には重りがついた鎖が巻かれている。

「あう、うう……」

あずみが吊られた裸体を震わせる。こちらも、あぶら汗まみれとなっている。

地下の座敷は、美緒と初音、あずみの汗の匂いで、むせんばかりとなっている。

「あ、ああ、魔羅を、魔羅をくださいっ」

仰向けの美緒の目の前で、彦次郎の魔羅が揺れている。それを熱い目で見あげつつ、美緒が欲しがる。

「喜三郎の魔羅ではなくてよいのか、美緒」

と、彦次郎が聞く。そこで、美緒ははっと我に返る。

彦次郎の魔羅から視線をそらし、檻の中の喜三郎を見つめる。その目はすぐに、このようなときなのにずっと反り返っている魔羅にからんでくる。

「ああ、魔羅、ああ、喜三郎様の魔羅」

「喜三郎の魔羅がよいか。では、わしの魔羅は入れぬ」

と言いつつ、彦次郎が鋼（はがね）の魔羅の先端で、指を引くなりはやくも閉じてしまった割れ目をなぞる。

「ああ、魔羅、その魔羅をくださいませっ」

「喜三郎の魔羅がよいのではなかったのか」

「いいえっ、喜三郎の魔羅ではなくて、お殿様の魔羅が欲しいですっ」

と、美緒は喜三郎が見ている前で、自ら股間をせりあげ、彦次郎の魔羅を咥（くわ）えこもうとする。

「わしの側室にならんか、美緒」

割れ目を鎌首（かまくび）でなぞりつつ、彦次郎が問う。

美緒はそれには答えず、咥えこもうと、股間をせりあげつづけている。が、ぎりぎりで咥えられない。

「どうだ、美緒。側室になると言えば、えぐってやるぞ」

と言うと、彦次郎が鎌首を美緒の中にめりこませた。

「いいっ」

美緒が歓喜の声をあげた。

が、彦次郎はすぐに鎌首を引きあげる。鎌首は美緒の蜜でねっとりと絖光(ぬめひか)っている。

「あっ、もっとっ」

と、美緒がさらなる突きをねだる。

「側室になるか、美緒」

「私は喜三郎の妻です」

「では、魔羅はやらん」

彦次郎は立ちあがると、そばに吊されているあずみを真正面から突いていく。

「ひいっ」

一撃で、あずみが絶叫する。

「おう、よく締まるぞ」

彦次郎はずぶずぶと激しく突いていく。

「いい、いいっ、いいっ」

突かれるたびに、吊りあげられている裸体が激しく揺れ、両手首に巻かれている鎖がジャラジャラと鳴る。

「あ、ああ……ああ……美緒も……美緒にも……」

美緒は彦次郎の魔羅が出入りしているあずみの恥部を見あげながら、腰をせり出している。

「美緒っ、美緒っ」

鉄格子を揺さぶり、喜三郎が名前を呼ぶ。美緒はちらりと喜三郎を見るものの、すぐに、彦次郎の魔羅に視線を移す。

「あ、あああっ、あああああっ」

あずみのよがり声が地下室に響きわたる。

「美緒にもっと姫泣き軟膏をやれ」

あずみを突きつつ、彦次郎が瑠璃に命じる。瑠璃もとうぜん裸であった。たわわな乳房を揺らし、美緒の股間にしゃがむと、ぴっちりと閉じている割れ目をくつろげ、軟膏を塗(まぶ)した指を忍ばせていく。

「もう、軟膏はいりませんっ。魔羅が、魔羅が欲しいのですっ、お殿様っ」

そう叫ぶ美緒の女陰に、あらたな姫泣き軟膏がたっぷり塗りこめられていく。

「あっ、ああっ、ああっ」

発情している美緒は、軟膏を塗りこむ瑠璃の指にも感じていた。大の字の裸体をくねらせている。

「ああ、気をやりそうですっ、殿っ」

あずみが叫ぶと、彦次郎がさっと魔羅を抜いた。

「忍びの分際で、わしの魔羅で気をやろうなど、百年はやいぞっ」

「申しわけございませんっ」

謝るも、あずみの濡れた瞳は、彦次郎の魔羅にからみついている。

「罰として、もっと軟膏を塗ってやれ。尻の穴にもな」

と、彦次郎が瑠璃に命じる。はい、と瑠璃が立ちあがり、あずみに近寄る。

「きれいな躰ね、あずみ」

瑠璃が上向きに反っている乳房をつかみ、揉んでいく。

「はあっ、ああ……」

あずみは火の息を吐き、とろんとした目を瑠璃に向ける。

「ああ、お殿様っ、魔羅をくださいませっ」

股間にしゃがんだ彦次郎を見て、美緒が挿入をねだる。

「わしの魔羅と喜三郎の魔羅、どっちが欲しいか」

またも割れ目を鎌首でなぞりつつ、彦次郎が聞く。鎌首はあずみの吐いた蜜でねとねとだ。

「お殿様の魔羅が欲しいですっ。ああ、側室になりますっ。側室にさせてくださいっ」

魔羅欲しさに、美緒が屈服する。

「美緒っ」

「美緒さんっ」

喜三郎と初音が叫ぶ。

「そうか。側室になるか」

「はい。だから、ください、魔羅をください」

「側室になりたいそうだ。どうする、喜三郎」

割れ目を鎌首でなぞりつつ、彦次郎が喜三郎に問う。

「姫泣きの軟膏でおかしくなっているだけだっ。美緒の心はわしにあるっ」

と、喜三郎が叫ぶ。

「それはどうかな」

彦次郎がずぶりと美緒の女陰を突き刺した。すると一撃で、

「いいっ、いいっ」

と、美緒が歓喜の声をあげる。

「ほら、どうだっ、わしの魔羅はっ」

ずどんずどんと垂直に打ち落としつつ、彦次郎が美緒に聞く。

「いい、いいいっ、いい、いいっ」

錯乱している美緒は、いい、しか言わない。

「喜三郎とどっちがよいかっ」

「いい、いいっ、魔羅、魔羅、いいのっ」

美緒は惚(ほう)けたような顔で、よがり泣く。

「答えろっ」

「いい、いいっ、魔羅、魔羅いいっ」

どっちだっ、と彦次郎が突きを止める。

「あんっ、やめないでっ。ああ、魔羅、動かしてくださいっ」

じれた美緒が、自ら腰を上下させる。すると、彦次郎が魔羅を引き抜いた。

先端からつけ根まで、美緒の蜜でどろどろになっている。

「ああ、すごい蜜ですね」

と、瑠璃が股間に美貌を埋め、美緒の蜜まみれの魔羅をしゃぶりはじめる。

「あっ、だめっ、美緒の魔羅ですっ」

美緒が瑠璃をにらみつける。

「もうやめてくださいっ、叔父上っ。美緒さんを解放してくださいっ」

と、見ていられない初音が叫ぶ。

「抜け荷の件はこれ以上、詮索しないと約束して、すぐに黒崎藩に嫁入りするか、初音」

彦次郎が瑠璃の唇から魔羅を抜き、美緒の蜜から瑠璃の唾に塗りかわった魔羅を揺らしつつ、初音の檻に迫る。初音に魔羅を見せつけるようにしながら問う。

「抜け荷は見すごすことはできませんっ。幕閣に発覚したら、改易になるかもしれないのですよっ。幸田藩自体がなくなってしまえば、専用の廓どころではなくなるのですよっ。叔父上っ、目を覚ましてくださいっ」

鉄格子を揺さぶりつつ、初音が訴える。

「その叔父上という言い方はやめてもらうかのう。わしは殿だ。殿と呼ぶのだ」

鉄格子の隙間から手を入れ、初音の頬を撫でてくる。

初音はされるがままに任せている。

「殿と呼ぶのだ、初音」

頰からあごを撫でまわし、彦次郎がそう言う。

「ああ、魔羅、魔羅っ、魔羅をくださいっ」

と、美緒が叫ぶ。

「すごいな。喜三郎の妻は牝だ。わしの側室にして、もっと牝にしてやろう。一日中、魔羅のことしか考えられない牝にしてやろうぞ」

「もう、おやめくださいっ。このようなことをして、なにが楽しいのですか」

「楽しいではないか。ほら、殿と呼べ」

彦次郎の手が初音の鎖骨まで下がる。

初音が美しい黒目でにらみつける。さすがの彦次郎も、初音の乳房には手を出せない。が、いつかそのたががはずれるときが来るかもしれない。そのときは、もう幸田藩は獣の道に進むしかない。

「お殿様っ、魔羅をくださいっ。くださらないと、気がふれてしまいますっ」

「うるさいのう。喜三郎、おまえが入れてやれ」

と、彦次郎が言う。

「瑠璃、近習を呼んでこい」

と、初音の鎖骨を撫でつつ、彦次郎が命じる。瑠璃がぷりっと張った双臀(そうでん)をうねらせつつ、戸を開く。外には四人の近習たちが立っていた。みな、瑠璃の裸体を見て、目を見張る。

三

「殿がお呼びよ」

近習たちが地下室に入ってくる。みな、着流しで腰に一本差している。

喜三郎と初音を檻に入れ、あずみを吊りあげ、美緒を磔にさせたのは、近習たちであった。すでに姫様の裸体も目にしていたが、視線に落ち着きがない。

いったいどこを見ればよいのかわからないのだろう。

ちょっと檻に目を向ければ、初音姫の裸体が視界に入り、あわててそらせば、忍びのあずみの裸体や、美緒の裸体が目に飛びこんでくる。

しかも、地下室はおなごたちの汗の匂いで、むせんばかりだ。

江戸勤番となっている近習たちは、四人のうち二人が独り者であった。嫁を持っている近習も、国に妻子を残してきている。単身赴任である。

田舎侍にとって、江戸のおなごは敷居が高い。四人とも、彦次郎について江戸に来ていたが、みな、江戸のおなごの肌には触れていなかった。

そんな藩士たちの前に、裸のおなごたちがいるのだ。しかも姫様に、美緒と瑠璃、そしてあずみという極上の美女たちなのだ。

「刀を置け。このようなところで野暮であろう」

彦次郎の手は初音の二の腕に移っていた。しっとりとした肌をそろりそろりと撫でている。

はっ、と四人の近習たちは腰から鞘ごと刀を抜き、檻の脇に置いていく。

「喜三郎を檻から出して、美緒と繋がらせてやれ」

と、彦次郎が言う。

「喜三郎を檻から出すのですか」

と、いちばん年嵩の近習が問う。向坂という。

「そうだ。美緒の隣に磔にするのだ。美緒を跨らせればよい」

美緒の隣にも畳があり、大の字に鎹が打たれていた。

はっ、と向坂が返事をする。

「美緒の乳に大刀を突きつければ、喜三郎は言うことを聞くであろう。逆らったら、乳首を刎ねよ」

彦次郎がなんでもないことのようにそう言う。はっ、と向坂が返事をして、檻の横から大刀を手にすると、すらりと抜き、美緒の乳房へと切っ先を向けていく。

乳首に迫る。

「なにをなさっているのですかっ、叔父上。目を覚ますのですっ」

「うるさいぞっ」

とどなり、その勢いで、彦次郎は初音の乳房をつかんでいた。

その刹那、地下室の空気が凍りついた。

つかんだ彦次郎も、つかまれた初音も固まっていた。が、すぐに彦次郎は動いていた。そのまま、初音の乳房を揉みしだきはじめる。すると、

「あっ……あんっ」

と、初音が甘い声を洩らしたのだ。これには、揉んでいる彦次郎も目を見張った。にやりと笑い、さらに揉んでいく。

「はあっ、あんっ……」

またも、初音が甘い喘ぎを洩らした。

「姫っ、しっかりするのだっ」

と、喜三郎が声をあげる。

「ああ、なんという揉み心地なのだ」

彦次郎が恍惚（こうこつ）とした表情を浮かべている。

「殿っ、姫ですぞっ。殿っ」

と、向坂が声をかける。が、彦次郎は構わず、初音の乳房を揉みつづける。そもそも、近習の声など耳に入っていない。

「ああ、はあっ……あんっ……」

初音も鉄格子の前から裸体を引かない。火の息を吐きつづけている。

「初音どのっ、下がるのだっ。初音どのっ」

喜三郎が鉄格子をがたがた揺さぶる。

初音がはっとした表情を浮かべた。叔父が乳房を揉んでいることに気づき、

「やめなさいっ」

と叫ぶと、あわてて裸体を引いていく。

そこで、彦次郎も我に返った。下がった初音の乳房に目を向け、そこに手形の痕（あと）がうっすらついていることに気づき、

「おうっ」

と、声をあげ、姫の乳房を揉んでいた手を見つめる。

「喜三郎っ、おまえが初音と別れられない理由がわかったぞっ。この乳の揉み心地は日ノ本一だっ。高時もすでに揉んでいるのであろう。このままだと、高時は婿入りするっ。わしが藩主の座を追われてしまうっ」

「殿っ」

と、近習たちが案ずるように彦次郎を見る。そんななか、姫泣き軟膏で発情したままの美緒が、

「魔羅を、魔羅を入れてくださいっ」

と叫ぶ。その声に彦次郎が反応する。

美緒に近寄ると股間にしゃがみ、初音の乳もみでさらにひとまわり太くなった魔羅をぶちこんでいく。

「ひいっ」

一撃で、美緒が白目を剥いた。

「初音っ、初音っ」

と、姫の名前を呼びつつ、彦次郎は美緒の女陰を突いていく。抜き差しの速度がはやい。初音への思いをぶつけるように突いていく。

「いい、いいっ、いいっ」

美緒が絶叫する。背中をぐぐっと反らし、大の字に磔にされている裸体をうねらせる。

「高時は必ず、婿入りするっ。わしは失脚してしまう。いやだっ、廓を作るのだっ。わしだけの廓をっ」

いやだいやだっ、と叫びつつ、彦次郎は美緒の女陰を突きまくる。

「ひい、ひっ、壊れますっ、ああ、そんなに突かれたら、壊れますっ」

「これくらい、なんだっ」

美緒の女陰を激しくえぐり、そのまま、射精させた。

「おう、おうっ」

「いく、いくいくいくっ」

子宮（こつぼ）に彦次郎の精汁を浴びて、美緒は気をやった。さらに背中を反らし、がくがくとあぶら汗まみれの裸体を痙攣（けいれん）させる。

が、これで終わりではなかった。

大量の飛沫（しぶき）を放っていたが、彦次郎の魔羅はまったく萎（な）えなかった。

「まずいぞっ。初音の乳を揉んだ者は、みな虜（とりこ）になるぞ。高時が来る。わしを引きずり下ろしに、幸田藩に来るっ」

彦次郎は一発出したあとも、腰を動かしつづける。美緒の女陰を突きまくることで、壊れそうな精神をなんとか保っているようだ。

「あっ、ああ……あああっ」

いった直後の子宮をたたかれ、美緒はさらに裸体を痙攣させる。ずっと突かれていて、痙攣が止まらない。

「壊れるっ、ああ、壊れますっ」

「美緒っ、大丈夫かっ」

と、喜三郎が叫ぶ。

「廓を作るのだっ。そうだっ。そこに初音も入れよう。初音を民に解放しよう。民は喜ぶぞっ」

彦次郎は激しく突きつづける。

「あ、ああっ、また、また、気をやりそうですっ」

美緒が訴えるも、彦次郎の目に美緒は入っていない。彦次郎の脳裏には、初音しか、さきほど揉んだ初音の乳房の感触しかない。

「ああっ、い、いくっ」

美緒がはやくも、いまわの声をあげる。

「おうっ、魔羅が食いちぎられるっ」

と吠え、彦次郎も躰を震わせる。そして魔羅を美緒の女陰から引き抜くと立ちあがり、初音が入っている檻に迫る。

「出せっ、初音を出せっ」

と、近習たちに命じる。

「殿っ、冷静におなりください」

と、向坂が訴える。

「初音の乳を揉んで冷静でいろというのは無理だ。もっと揉ませろっ。女陰に入れさせろっ」

と、彦次郎が叫ぶ。

「初音様は、姫様でございますっ。前藩主の娘でありますっ」

「わかっておるっ。だから、これまで裸体には触れなかったのだっ。が、もう無理だ。乳を触ってしまったっ。揉んでしまったのだっ」

彦次郎はぎらぎらさせた目で檻の中の初音の裸体を見つめている。

初音は檻の奥に下がってはいるものの、乳房や下腹の陰りを叔父の目から隠すようなことはしなかった。

「初音を出せっ」

「しかし……」

向坂が苦渋の顔を浮かべる。

「出して、向坂」

初音もそう言う。

「姫……」

初音から名前を呼ばれ、向坂は感激していた。

初音が鉄格子に迫ってくる。ゆったりと誘うように、乳房が揺れる。

初音の裸体はおなごとして開花していた。嫁いでいない姫でありながら、すでに喜三郎の魔羅で男を知り、高時ともまぐわい、抜けるように白い肌には男を知ったおなごの艶がにじみ出ていた。

それでいて、姫ならではの生来の気品は保ったままだ。

一度、その肌に触れたら、彦次郎でなくても狂ってしまうだろう。向坂は名前を呼ばれただけで、ぼうっとなっている。

「出すのよ、向坂」

と、初音が言う。

「しかし……殿が尋常（じんじょう）ではありません」

「わかっているわ……」

「出せ」

と、彦次郎がもう一度命じ、向坂が錠前の鍵（かぎ）を懐から取り出した。それを差しこみ、錠前を開け、戸を開いた。

すると彦次郎が手を伸ばし、初音の腕をつかんだ。ぐいっと引きずり出すと、唇を奪おうとした。

ぱしっ、と平手の音が鳴った。

「恥を知りなさいっ」

そう言うなり、彦次郎の魔羅をつかんだ。

「喜三郎様を檻から出しなさいっ」

と、向坂に命じる。

「それは……」

「叔父上の魔羅を折るわよ」

と言って、魔羅をつかんだ手に力を入れていく。

「やめろっ。開けろっ。喜三郎を出せっ」

彦次郎が叫び、はっ、と向坂は向かい合う檻に向かい、錠前を開いていく。戸を開くなり、喜三郎が飛び出てきた。

四

喜三郎は美緒の横にしゃがみ、両手を縛っている縄を解きはじめる。

彦次郎に突きまくられ、何度もいかされた美緒は、うっとりとした表情を浮かべたままだ。

「美緒っ、しっかりしろっ」

声をかけると、美緒が喜三郎を見た。

「ああ、魔羅、魔羅を入れてください」

と言う。

「美緒、わしだっ、喜三郎だっ」

「ああ、魔羅、魔羅を入れてください」

両手の縄を解くと、美緒が上体を起こし、右手を喜三郎の股間に伸ばしてくる。

「ああ、硬い。ずっと硬い。この魔羅、欲しい」

「美緒……」

喜三郎は美緒の下半身にまわろうとするが、美緒が魔羅をつかんで放さない。

それを見て、彦次郎が笑う。

「わしの魔羅は初音がつかみ、喜三郎の魔羅は美緒がつかんで放さないのう」

「私は叔父上の魔羅を欲しがっているわけではありませんっ」

と、美しい黒目でにらみつけ、魔羅をぐっとひねる。

「うう っ……」

「殿っ」

彦次郎の魔羅が質となっていて、近習たちは動くに動けないでいる。

喜三郎は美緒の手を振りきり、足下にまわると、足首に巻かれた縄を解いた。

自由になった美緒が、喜三郎に抱きついてきた。

「魔羅、ください」

魔羅をつかむと、割れ目に導いてくる。

「美緒っ、なにをしているっ。どうしたのだっ」

「魔羅が欲しいのっ」

彦次郎たちの気をそらせるための演技だと思っていたが、違うようだ。

美緒は割れ目を鎌首にこすりつけ、そのまま強く抱きしめてきた。ずぶりと真正面から魔羅が入っていく。

「あうっ、うんっ」

美緒の女陰は爛れていた。蜜でどろどろで、しかも肉の襞がいっせいにからみつき、すぐさま貪り食ってくる。

これは姫泣きの軟膏のせいなのだと思いたかったが、そうなのだろうか。燃えた躰を彦次郎に責められて、たがはずれてしまった気がする。

「ああっ、ああっ、突いてっ、突いてくださいっ」

喜三郎は魔羅を求める美緒に圧倒されて、尻たぼをつかむと、力強く突きはじめた。

「いい、いいっ、いいっ」

美緒の甲高い声が地下室に響きわたる。

「すさまじいな」

美緒がよがる様を見て、彦次郎の鈴口から先走りの汁が出てくる。

「もっとっ、もっと突いてくださいっ」

喜三郎は力強くえぐっていたが、美緒はさらなる刺激を求める。美緒が裸体を離した。すぐさま畳に四つん這いになり、喜三郎に向けてあぶら汗まみれの双臀をさしあげてくる。

「うしろ取りでください、喜三郎様」

と言って、掲げた双臀を振る。

「美緒……」

「入れてやれ、喜三郎」

と、彦次郎が言う。さらに先走りの汁が出て、鎌首を垂れはじめる。

喜三郎は美緒の尻たぼをつかむと、手前に引きつつ、ずぶりと貫いていく。

「ひいっ……いくいくっ」

子宮まで突き刺すなり、美緒は四つん這いの裸体を弓なりに反らせて気をやった。女陰全体が強烈に締まり、ずっと見せつけられていた喜三郎は、思わず暴発させた。

「あっ……いく……」

喜三郎の飛沫を子宮に受けて、美緒はさらに背中を反らせる。

「もう出したか、喜三郎。情けないやつだ。なにゆえ、このような情けない魔羅がよいのだ、初音。わしのほうがよかろう。どうだ」

と、彦次郎がおのが魔羅をつかんでいる姫を見る。

そして、胴体をつかんでいる初音の五本の指をあらためて見る。それはほっそりとしていて、美貌同様美しかった。

折る、と脅すために握っているのだが、初音が望んで彦次郎の魔羅を握っているような錯覚を感じ、彦次郎は興奮する。

この興奮は今までの昂りとはまったく違っていた。ただ魔羅を握っているだけだ。が、そのおなごが姫ゆえに、興奮がより強くなるのだ。

ものにしたい。初音姫の女陰に入れたら、いったいどうなるのだろうか。

美緒が四つん這いの形を解き、射精したばかりの喜三郎の足下に迫ると、すぐさま精汁と蜜まみれの魔羅にしゃぶりついていった。

「うんっ、うっんっ」

まさに喜三郎の魔羅を貪り食っている。

「美緒さん……ごめんなさい……美緒さんのいい人を振りまわしていて……」

初音の目からひとすじ涙の雫(しずく)が流れた。

魔羅を持つ指、そして頰を伝う雫に、彦次郎はどろりと我慢汁を流した。それが胴体を伝い、初音の指に触れた。

「うんっ、うんっ」

美緒は、まだ喜三郎の魔羅を貪りつづけている。

さらに我慢汁を流していく。すると初音が、指にかかる彦次郎の我慢汁に気づいた。

「なにっ。無礼なっ」

と叫び、初音が魔羅から手を引いた。

それを見た向坂が、すぐさま初音の腕を取り、背後にまわした。

「よき動きだ、向坂。褒めてつかわそう」

「あ、ありがとう、ございます……」

初音を羽交い締めにした向坂は、初音の肌から薫るむせんばかりの甘い体臭に、はやくもくらっとなっていた。

「喜三郎を檻に戻せ」

と、ほかの近習たちに、彦次郎が命じる。

「放しなさいっ。私を誰だと思っているのっ、向坂っ」

「姫、ご無礼を……ご無礼を……」

向坂は謝りつつも、恍惚の表情を浮かべている。

喜三郎がほかの近習たちの手で檻に戻される。すると、美緒が彦次郎に目を向けた。我慢汁まみれの魔羅に迫ると、しゃぶりついていった。

「うんっ、うっんっ」

喜三郎の魔羅を貪ったばかりなのに、喜三郎の魔羅がなくなると、すぐさま彦次郎の魔羅を咥えていた。

「おう、なんというおなごだ。これは牝だな」

「嚙むのよっ、美緒さん。嚙むのよっ」

と、初音が叫ぶ。が、美緒は嚙むどころか、彦次郎の魔羅をおいしそうにしゃぶっている。そして唇を引くと、その場で四つん這いの形を取っていく。

「ください、お殿様」

そう言って、掲げた尻を振る。

「喜三郎の魔羅でなくてもよいのか、美緒」

「ああ、お殿様の魔羅がよいです。喜三郎はすぐに出します」

「そうか。情けない魔羅であるよな」

「はい。お殿様の魔羅がいちばんです」

尻を振りつつ、美緒がそう言う。

「聞いたか、喜三郎。ほう、大きくさせているではないか。妻が殿様にやられるのを見るのが好きか。美緒は側室。おまえは仕官させてやる。夫婦でわしに仕えろ」

「なにをおっしゃっているのですかっ、叔父上っ。もう、美緒さんは解放してあげてくださいっ」

近習に裸体を羽交い締めにされたまま、初音が訴える。

そんななか、彦次郎がずぶりと美緒を突き刺していく。

「いいっ、お殿様の魔羅いいのっ」

ひと突きで、美緒が絶叫する。

「美緒さん……ああ、ごめんなさい……」

初音がさらに涙の雫を流す。そんな姫を見て、彦次郎の魔羅が美緒の中でひとまわり太くなる。

「ああ、大きいですっ」

「喜三郎と比べてどうだ」

「お殿様の魔羅が大きいですっ。ああ、いい、魔羅いいっ」

と、美緒が叫ぶ。

「叔父上っ、すぐに美緒さんから魔羅を抜いてください。抜いたら、私の躰を……好きになさって構いませんっ」

と、初音が叫んでいた。

その声に、彦次郎がうしろ取りの突きを止めた。奥まで美緒に入れたまま、

「それは真か、初音」

と問う。

「向坂、放して」

と、初音が近習に命じる。向坂はうかがうように、彦次郎を見る。

「それは真か、と聞いておるのだ、初音」

彦次郎の声が震えていた。

「真です。だから、放すように言ってください、殿」

と、初音が言う。

「放してやれ」

と、彦次郎が向坂に命じる。はっ、と向坂がうしろにねじっていた姫の腕を解

放した。

初音は畳の上で仰向けになった。そして自ら、大の字に両手両足を伸ばす。

そばには、ずっとあずみが天井から吊り下げられている。あずみはずっと女陰に塗りこめられた姫泣きの軟膏の刺激と戦っていた。

重りをつけられた両足をずっとすり合わせている。

「縛って、向坂」

と、初音が近習に命じる。

「と、殿……」

「縛ってやれ」

彦次郎は美緒の中に入れたままだ。さらに太くなり、美緒は四つん這いの裸体を震わせている。

はっ、と向坂が畳に乗り、鋲に通した縄で姫のほっそりとした手首を縛っていく。

「初音どのっ、よいのかっ」

と、喜三郎が叫ぶ。

「ごめんなさい、喜三郎様。美緒さんが牝になったのはすべて私のせいです……

今度は私が、め、牝になります」

「なにを言っているのだっ」

喜三郎は激しく鉄格子を揺さぶる。

その間に、向坂の手で初音の両手首が縛られる。向坂が初音の下半身へとまわる。大胆に両足を開いていたが、すうっと通った割れ目はぴったりと閉じたままだ。

向坂は初音の裸体からは視線をそらし、足だけを見ている。そして、足首にも縄をかけていった。

第六章　籠の鳥

一

彦次郎は美緒の女陰から魔羅を抜いた。あっ、と支えを失ったように、美緒は突っ伏した。

彦次郎は美緒の蜜でどろどろの魔羅を揺らしつつ、大の字に拘束された初音の裸体に迫る。自ら縛られることを要求した姫を、ねばついた目で見つめる。

「喜三郎様と美緒さんを解放してください。そして、私を好きになさってください」

「解放はしてやる。その前に好きにさせてもらう。美緒を喜三郎の檻に入れろ」

と、彦次郎が近習たちに命じる。

突っ伏したままの美緒の両腕をふたりの近習がつかみ、引きずるようにして、喜三郎の檻へと運んでいく。そして戸を開くなり、美緒の裸体を押しやった。

あっ、と美緒が喜三郎に向かって倒れていく。喜三郎は美緒を抱き止めた。

「ああ、喜三郎様っ」

と、美緒が口吸いを求める。

喜三郎は美緒の口吸いを受けていた。美緒はねっとりと舌をからめつつ、魔羅をつかんでくる。

「ああ、魔羅、ああ、魔羅」

「美緒っ、どうしたのだっ」

「くださいっ、魔羅をくださいっ、喜三郎様っ」

と、美緒が檻の中でも、喜三郎の魔羅を求める。

「仲のよい夫婦だな」

彦次郎は初音の裸体を前にして、我慢汁を出しつづけている。

「瑠璃、舐めてくれ」

と、そばでずっと控えている瑠璃に命じる。はい、と瑠璃が彦次郎の股間に美貌を寄せて、ぱくっと鎌首に食いつく。

「ううっ……」

彦次郎がうめく。先端がかなり敏感になっていた。初音のせいだ。初音が好きにしてよいと言っているせいだ。

「喜三郎様と美緒さんを解放するのが先ですっ」

「解放したら、好きにさせないであろう、初音」

彦次郎はねっとりとした視線を、亡き兄の娘にからめる。

さきほど乳房を揉(も)んだ感触が手に残っている。

「おまえたち、わしが姫の口や女陰に入れようとしたら、止めるのだっ」

近習たちに、彦次郎がそう言う。瑠璃は彦次郎の魔羅をしゃぶりつづけている。

「お止めして、よいのですか」

「羽交(はが)い締めにしても構わぬ。止めてくれ。よいな、向坂」

と、彦次郎が向坂を見やる。

はい、と向坂はうなずく。ほっとした表情を見せている。

喜三郎もほっとしていた。少なくとも、初音の中に魔羅を入れる気はないようだ。肌に触れるだけだ。彦次郎はそのもつもりだ。が、初音の肌は魔物だ。触れているうちに、無性に魔羅を入れたくなる。

それを見越して、近習たちに命じているのだ。

「魔羅っ」

と、美緒が抱きつくようにして、真正面から喜三郎の魔羅を咥えこんできた。

「あぁっ、魔羅、魔羅っ」

喜三郎は自らも深くえぐっていく。

「いい、いいっ、もっとくださいっ」

喜三郎は腰を動かす。それは美緒のためというより、自ら犠牲になっている初音のために突いていた。

彦次郎がしゃがんだ。初音の二の腕に手を伸ばし、二の腕の内側にそっと手のひらを置く。

初音は彦次郎をにらんでいる。目を閉じることはない。

彦次郎は二の腕の内側をなぞりはじめる。手のひらが腋のくぼみに向かう。そこにはわずかに毛が生え、汗でべったりと貼りついている。

なんとも卑猥な眺めだ。ううっ、と股間で瑠璃がうめいた。魔羅がさらに太くなったのだ。

彦次郎は初音の腋の下に触れる。そろりと撫でる。すると、

「あっ……」

と、初音が声をあげた。たったそれだけの声に、彦次郎は昂る。

「うう、ううっ……」

瑠璃がうめき、唇を引こうとする。その後頭部を、彦次郎は押さえる。

「うぐ……うう……」

魔羅を出してはならぬ。瑠璃の口の中に入れておけば、初音に入れることはかなわぬ。すでに、入れたくなっている。

腋のくぼみをそろりそろりと撫でる。

「はあっ、ああ……」

またも、初音がかすれた喘ぎを洩らす。

姫の汗ばんだ腋のくぼみを撫でていると、とてもいけないことをしている気になる。舐めたくなる。舐めるのはよい。入れなければよいのだ。

「いいっ、いいっ、魔羅、魔羅っ」

美緒のよがり声が地下室に響きつづけている。しかし、南蛮の姫泣きの軟膏は素晴らしい。初音にも使ってみたいものだ。

彦次郎は手を上げると、顔を寄せていく。

初音はにらみつづけている。にらみながら、甘い喘ぎを洩らしているのだ。たまらぬ。これまで数えきれないくらいおなごを好きにしてきたが、これほど昂るおなごはいない。

初音こそ、側室にするべきだ。姫を側室はありえないか。となると、飼うしかないのか。そのようなことができるのか。

彦次郎は姫の腋のくぼみに顔を押しつけた。甘い汗の匂いが顔面を包む。

「う、ううっ」

と、股間で瑠璃がうめいた。

彦次郎は射精させていた。おなご遊びの達人が、腋のくぼみに顔を押しつけただけで、おなご知らずのように暴発させたのだ。

どくどく、どくどくと、瑠璃の喉を精汁がたたく。

彦次郎は、ううっ、とうなりつつ、顔面を姫の腋のくぼみにこすりつける。

「口を引くな。咥えたまま飲め。そして、すぐに吸うのだっ、瑠璃っ」

と、姫の腋の下に顔面を押しつけたまま、彦次郎は命じる。

見守る近習たちは、早々に射精させた彦次郎を驚きの目で見ている。

「あ、ああっ、気をやりそうですっ、喜三郎様っ」

美緒が叫ぶ。喜三郎の魔羅はずっと強烈に締めあげられている。

彦次郎は右の腋のくぼみから顔を上げると、舌を出した。初音の射るような視線を感じる。彦次郎は初音を見つめつつ、ぺろりと腋のくぼみを舐めあげる。

「ううっ……」

と、股間で瑠璃がうめく。萎える前に力を取り戻しはじめたのだ。

初音の腋の汗は極上であった。ただおいしいのではなく、股間にびんびんくるのだ。

「う、ううっ……」

瑠璃がうめきつづける。

「はあっ、あんっ……」

また初音がにらみながら、甘い喘ぎを洩らす。

彦次郎は腋のくぼみから顔を上げると、たわわな乳房に顔面を押しつけていった。今度は顔面全体が、甘い汗の匂いに包まれた。

「おう、おうっ」

と、声をあげながら、彦次郎はぐりぐりと、張りのある乳房に顔面を埋めていく。それはすぐに押し返す。そこにまた、埋めていく。

「あ、ああっ、い、いくっ」

と、美緒がいまわの声をあげた。あぶら汗まみれの裸体をがくがくと震わせる。

「おうっ」

と、喜三郎も射精させていた。美緒の女陰の締めつけで出したというより、彦次郎に腋の下を舐められ、喘ぎ声を洩らす初音を見て、射精させていた。

初音はふたりの男をその美貌と躰で射精に導いていた。

「うんっ、うっんっ、うんっ」

彦次郎はうめきながら、初音の乳房の谷間に顔を埋め、腰を動かす。

「うぐ、うぐぐ……」

はやくも力を取り戻した魔羅の先端で喉を突かれ、瑠璃がうめく。

瑠璃の口に入れておいてよかった。さもなれけば、はやくも初音の中に入れるところであった。そのときは近習たちが止めるであろうが、それも振りきるかもしれない。とにかく、魔羅は瑠璃の中に入れておくのだ。

彦次郎は乳房から顔を上げた。

さきほどより、乳首がとがっている。誘うような乳首だ。見ているだけで、たまらなくなる。しゃぶりつきたくなる。

彦次郎は欲望のまま、初音姫の乳首にしゃぶりついた。

「あっ、ああ……」

じゅるっと吸うと、初音が反応を示した。

これが彦次郎の劣情の血を沸騰させることになる。喜三郎と美緒を助けるために、その身を差し出しても、初音はなんの反応も見せないと思っていたのだ。が、違っていた。

喜三郎と高時の魔羅で開発された姫の躰が、本人の意志とは関係なく、応えてしまっているのだ。

乳首を吸いつつ、初音を見る。半開きの唇から甘い喘ぎを洩らしつつも、こちらをにらみつけている。が、さきほどより、その眼力が弱くなってきている。

もっと感じさせるのだ。初音のほうから彦次郎の魔羅を欲しがらせるのだ。

そうなれば、もう藩主と姫のまぐわいではなく、男と女のまぐわいとなる。

それなら、亡き兄もゆるしてくれるのではないのか。国許の民も喜んでくれるのではないのか。

「あっ、ああっ」

喜三郎が声をあげている。檻を見ると、美緒が射精させた喜三郎の魔羅をしゃぶっている。喜三郎自身は、美緒を見ていない。畳に磔(はりつけ)にされ彦次郎に躰を舐められている初音姫を見ている。

喜三郎だけではない。近習たちも姫の裸体など見てはならない、と視線をそらすものの、すぐに見てしまう。

ここにはあずみの裸体も瑠璃の裸体もある。が、みなは初音を見ている。初音が気になって仕方がない。

この地下室にいる男たちの視線を、初音がすべて引きよせていた。

彦次郎は初音の股間に目を向ける。両足を大胆に開いていたが、剝き出しの割れ目はぴっちりと閉じている。それは可憐(かれん)な花唇であったが、生娘(きむすめ)ではないことが窺(うかが)いしれた。

清廉(せいれん)でありつつ、男を惑わす割れ目であった。

見つめていると、入れたくなる。いや、ぶちこみたくなる。

彦次郎は瑠璃の唇から魔羅を抜いた。それは完全に勃起を取り戻し、天を衝(つ)いていた。

その矛先(ほこさき)を、品がありつつ誘ってくる姫の割れ目に向けていく。

「やめさせろっ」

と、喜三郎が叫ぶ。

「なにをしているっ。殿と姫をまぐわわせてはならぬぞっ」

喜三郎の声に、はっとなった近習たちが、なりません、と彦次郎に迫る。が、いざとなると、殿の躰に触れることができない。

その間に、彦次郎の鎌首は、初音の割れ目に迫る。

「向坂っ、殿を引き離すのですっ」

と、初音が叫び、向坂が、なりませんっ、と彦次郎の腰にしがみついた。

「なにをするっ、放せっ」

「なりませんっ。姫はなりませんっ」

「うるさいっ」

彦次郎が腕を振った。向坂の顔面に当たり、ぐえっと腕を放す。

彦次郎はあらためて、鎌首を姫の割れ目に当てていく。

「やめさせろっ」

喜三郎が叫ぶ。その股間にしゃぶりついている美緒が、ううっ、とうめいた。

一気に魔羅が大きくなったのだ。

「殿っ、入れてはなりませんっ」

と、初音が叫ぶ。

「わしの好きにしてよいのであろう。好きにさせてもらうぞ、初音」

彦次郎が鎌首をめりこませようとしたが、それが離れていく。

近習ふたりが背後よりしがみつき、引き離しはじめたのだ。

「なにをするっ」

「なりませんっ、殿っ」

「放せっ、わしは初音に入れるのだっ」

「なりませんっ」

「おまえたちっ、みな浪人になってもよいのかっ」

彦次郎がそう叫び、近習たちが怯(ひる)む。

「私がさせませんっ」

と、初音が叫ぶ。全裸で磔にされながらも、初音は姫としての威厳を保っていた。その声に、近習たちは勇気をもらったのか、藩主の躰を引き離していく。

「おまえらっ、ゆるさぬっ」

自ら入れようとしたら、引き離せと命じているにもかかわらず、彦次郎の頭には姫の女陰に入れることしかなかった。

二

黒崎藩の若殿である高時は、浅草の裏手にある奥山に来ていた。

すでに日が暮れている。

幸田藩主の彦次郎の別邸を訪ねていた。一度、来たことがあった。そのとき、初音をおなごにした喜三郎という浪人者の名を教えられた。

百合が話した、初音が上屋敷からいなくなっているという話が気になっていた。初音のことなら、彦次郎に問うのがいちばんはやいと、別邸にやってきたのだ。

彦次郎は上屋敷にはほとんどおらず、別邸で一日の大半を過ごしていると聞いている。

近習の木島が訪いを入れると門が開き、裸のおなごが姿を見せた。

この別邸のおなごはみな裸であるとわかっていたが、やはりいきなり裸のおなごがあらわれると目を見張る。

「黒崎藩の高時であるが、彦次郎様はご在宅であるか」

木島の前に出て、高時が聞いた。木島も高時も着流しに一本差しているだけである。

「殿ですか……殿は今、おりません」

出てきたおなごの表情が、ほんの一瞬だけ強張った。このおなご、うそをついている、と高時は思った。

「いつ、お戻りかな」

「それは……わかりません」

「火急の用事があってな。殿がお帰りになるまで、待たせてもらおう」

そう言うと、高時は勝手に上がった。廊下をどんどん進んでいく。

「お待ちくださいっ。高時様っ、お待ちくださいっ」

おなごが声をかけるが、近習たちが出てこない。みな、彦次郎についていて出ているのだろうか。なにかおかしい。

奥から裸のおなごが出てきた。高時を見て、はっとなる。

「殿はどこだ」

と、高時は聞く。

「と、殿は……おりません」

と、裸のおなごが言う。彦次郎好みのなんとも乳房が豊かなおなごだ。

「うそを申すな」

「うそでは、ありません……」

「うそだと顔に出ておるぞ」

高時は右手でおなごの頰をそろりと撫でると、左手を股間に向け、おさねを摘まんだ。

「あっ……」

おなごが裸体をぴくっ動かす。さすが、彦次郎のおなごだ。反応がよい。

「殿はどこにおられる」

左手でおさねをいじりつつ、右手を股間に下げていく。そしてすぐさま、二本の指をずぶりと入れた。

「あうっ……」

案の定、おなごの女陰はぐしょぐしょであった。彦次郎のおなごは常に女陰を濡らして、いつどこでも魔羅を受け入れられるようにしているのだ。見事な躾である。

高時は二本の指を一気に奥まで入れて、かきまわしはじめる。

「あ、ああっ、なりませんっ」

「殿はどこにおられる」

おなごが声をあげても、まだ近習は姿を見せない。彦次郎が出かけていたとしても、別邸にひとりも残っていないのはおかしい。

「案内しろ」

そう言って、おさねをひねってみる。

「あう、うう……」

おさねをひねっても痛がることなく、二本の指をくいくいと締めはじめる。

「放せっ」

どこからか、男の声が聞こえてきた。

あれは、彦次郎では。

「今、声がしたな」

指の動きを止めて、おなごに問う。

おなごはとろんとした目で高時を見つめつつ、かぶりを振る。二本の指を締めつづけている。

「なりませんっ」

今度はおなごの声が聞こえてきた。

「初音の、初音姫の声だなっ」

「知りません……誰もいません」

おなごはかぶりを振りつづける。と同時に、高時の指も締めつづけている。

「なりませんっとは、ただごとではないはずっ」

高時は二本の指を激しく前後に動かす。

「あ、あああっ、あああっ、いけませんっ」

裸のおなごがたわわな乳房を揺らして喘ぐ。

「気を、やりそうです」

裸のおなごが気をやる寸前に、高時は指を止めた。

「あんっ……」

裸のおなごが、どうして止めるのですかという目で見つめる。

「放せっ、わしは入れるのだっ」

「なりませんっ、殿っ」

彦次郎の声と恐らく近習らしき男の声がする。かなりの大声だ。かなり切羽詰まっている感じだ。

「入れるとは、まさか殿が姫にっ」

高時は裸のおなごの女陰から二本の指を抜くと、その場に崩れるおなごを押しやり、廊下を進む。お待ちくださいっ、と門で迎えたおなごが追ってくる。

高時は廊下を進むと、角を曲がった。すると、廊下の一部に穴が空いていた。

「これは……」

階段があった。そこから、

「なりませんっ、殿っ、殿っ、なりませんっ」

と、初音の声がはっきりと聞こえた。

「木島、姫の一大事だっ」

背後に従う近習に声をかけ、高時は階段を下りていく。

「いけませんっ」

と、裸のおなごが止めようとするが、高時は階段を駆け下りた。

「入れるぞっ、初音っ」

と、彦次郎の声が戸の向こうからはっきりと聞こえた。

高時は戸を開いた。

「これは……」

むせんばかりのおなごの体臭とともに、目の前にひろがった淫(みだ)ら絵を見て、高時は驚いた。

檻がふたつあり、ひとつは空、もうひとつには裸の喜三郎と美緒がいた。天井からは裸のあずみが吊(つ)り下げられ、そのそばの畳に裸の初音が大の字に磔にされていた。そして裸の彦次郎が、今にも鎌首を初音の割れ目に入れようとしていた。

「あっ、高時様っ」

高時に気づいた初音が、大声で名を呼んだ。

その声に彦次郎が驚き、腰の動きを止めた。

「殿っ、なにをなさっておられるのですっ」

と叫びつつ、高時は地下室に駆けこんだ。すぐさま、初音のもとに走る。

「姫に入れるところだっ。高時っ、おまえも見ておれっ」

そう叫ぶと、彦次郎が鎌首をめりこませようとした。我慢汁まみれの先端がわずかにめりこんだとき、高時は彦次郎の首に太い腕をまわした。

「ならぬっ」

渾身(こんしん)の力で彦次郎の首を絞めていく。

すると、彦次郎ががくがくと躰を震わせはじめた。

「殿っ」

と、近習たちが迫るが、高時の迫力に圧倒されている。

彦次郎の鎌首が初音の割れ目から離れた。そのまま、がくっと背後に倒れていく。

「安心せい。気を失っただけだ」

気を失っても、彦次郎の魔羅は天を衝いていた。

彦次郎を床に下ろすと、高時は初音を縛っている縄を解いていく。

彦次郎の近習たちは、殿っ、とまわりを囲んでいる。

足首の縄も解くと、自由になった初音が、高時に抱きついてきた。

唇を押しつけてくる。舌がぬらりと入ってきて、からめるなり、一気に勃起させていた。

「殿っ、殿っ」

近習たちは彦次郎を案じている。

その横で、高時は初音姫と舌をからめている。半目で檻を見ると、喜三郎がこちらを見ていた。その股間に、美緒が美貌を埋めている。

「ああ、ありがとうございました。高時様がいらっしゃらなかったら、今頃、私の中に……叔父上の魔羅が……」

と、初音が言う。その唇を今度は高時のほうが塞ぐ。

「うんっ、うっんっ」

ねちゃねちゃと舌をからめる。

「あっ、殿っ」

と、近習が声をあげた。彦次郎が目を覚ましたようだ。

「初音はっ」

と問い、そばで高時と舌をからめ合っている初音を見る。

「高時っ、おのれ、邪魔しよってっ」

起きあがろうとするが、よろめく。腰が抜けている。

「殿っ、まだ動かれないほうが」

と、向坂が言う。

「おまえたちっ、喜三郎様と美緒さん、あずみを解放しなさいっ」

と、初音が近習たちに命じる。

近習たちは彦次郎を見る。

「好きにしろ……今宵の宴は終わりだ」

絞められた首をさすりながら彦次郎が言い、近習たちが、はっ、と動き出した。

三

江戸城、御座之間。

ひととおりの公務を終えると、家斉は立ちあがった。

大奥へと向かおうとして立ち止まり、御側御用取次の林忠英に、

「幸田藩の廓はどうなっておる」

と聞いた。

「まだ中断したままでございます」

「そうか。つまらぬのう」

「どうやら資金を集めるために、抜け荷に手を出したようなのです」

「抜け荷か。それは、見すごせぬな」

「はい。しかし、こちらが動く前に、幸田藩の姫が抜け荷の証をつかみ、藩主に突きつけたようなのです」

「ほう。姫が身内の悪事を暴いたのか。それはおもしろい」

　公務の間は空虚な目をしていた家斉の目が輝きはじめた。

「どうやら、ことを収めたようで、今、抜け荷から手を引いております」

「ほう、それはあっぱれな姫だのう。確か、初音といったな」

「よくご存じで」

「諸藩の姫の中でも一、二を争う美貌であるという話を耳にしたことがあるぞ」

「そうでございます。幸田藩の初音姫、戸嶋藩の百合姫が、双璧(そうへき)でございます」

「そうか。しかし類希(たぐいまれ)なる美貌のうえに、抜け荷を暴いて藩主を諫(いさ)めるとは、なかなかの姫よのう」

「はい」

「できる藩士を従えておるのか」

「それが、浪人者とともに暴いたようなのです」

「浪人者だとっ」

「はい。やはり藩の者と行動すると、藩主の耳に届くことを恐れて、藩以外の者と行動したのだと思われます」

「しかし、浪人者とはのう。姫がどうやって知り合ったのかのう」

「そこまでは、調べておりません」

「姫もだが、その浪人者にも興味があるのう」

「調べておきます」

「頼んだぞ。このところ、幸田藩のうつけ藩主の奇行を聞くのが楽しみだったのだが、姫や浪人者が出てきて、ますます楽しみが増えたわい」

家斉は大奥へと続く御鈴廊下へと向かった。

四

美緒は数日ぶりに、手習い所を再開させていた。子供たちの笑顔を見ると、心がなごんだ。が、色に狂った恥態を思い出すと、このような淫乱（いんらん）なおなごが手習い所などやっていてよいのか、と思ってしまう。

「また、明日っ、美緒先生っ」

勉強を終えた子供たちが、次々と帰っていく。

「さようなら。また明日ね」

子供たちを送り出すと、とたんに手習い所は静かになる。

ひとりであと片づけをしていると、誠一郎が姿を見せた。

「しばらく、休んでいてすみません」

「心配しましたよ、美緒さん」

誠一郎が安堵（あんど）の笑顔を見せる。が、その笑顔が引きつり、美緒から視線をそらした。

「どうなされましたか」

「いや……なにも……」

と言って、誠一郎は背を向ける。そうなると、心配になる。

「なにか、私が粗相（そそう）をしましたでしょうか」

「違うのです……」

誠一郎がこちらを見る。とてもつらそうだ。が、その目の奥がねばついていることに気づき、美緒ははっとなる。

私だ。私を見て、昂ったのだ。そのことに、誠一郎は戸惑っているのだ。

「ああ……困った……」

誠一郎が苦悶（くもん）の表情で美緒を見つめる。

「私には……夫がいます」

「わかっています。わかっているから、つらいのです」

そう言いながら、誠一郎が美緒の手をつかんできた。

「あっ……」

手を握られただけで、美緒の躰にせつない刺激が走った。

相手が、世話になっている妻思いの真面目な主人だからだ。苦悩している主人だからだ。だから、手を握られただけで感じてしまう。

「い、いけません、誠一郎さん」

名前を呼ぶと、それだけで誠一郎の躰が震える。

「わかっている。わかっているんだよ。私は自分で言うのもあれなんだが、真面目ひとすじで生きてきたんだ。妻以外のおなごに目が眩んだことは一度もなかったんだよ……それが……美緒さんをひと目見たときから……」

誠一郎は強く美緒の手を握ってくる。手を握っているだけだったが、とてもいけないことをしている気がして、美緒の躰も震える。

「ずっと自分を抑えていたんだ……でも、今日の美緒さんを見たら……もう、限界なんだっ」

そう言うなり、誠一郎が顔を寄せてきた。

いけません、と美緒は美貌をそむけた。誠一郎の口が、美緒の頬に触れた。それだけで、美緒は罪悪感に躰を震わせる。

誠一郎がはっとして、口を引いた。

「すまない、美緒さん。私としたことが、なんという恥知らずなことを……」

謝りつつも、誠一郎は手を放さない。頬に口づけしたことで、よけい美緒への思いが強くなっているようだ。

誠一郎の苦悶する表情を見ていると、美緒も苦しくなる。

「手習い所をやめたりはしませんよね」

しません、と言う前に、美緒は唇を誠一郎の口に押しつけていた。

誠一郎が目を見開いた。固まっている。美緒は閉じられたままの口に、やわらかな唇を押しつけている。

すると、誠一郎が口を開いた。美緒は反射的にぬらりと舌を入れていた。誠一郎の舌にからめていく。

「うんっ、うっんっ」

最初はお互い遠慮がちに舌をじゃれつかせていたが、すぐさまねっとりとからめ合いはじめる。

「うっんっ、うんっ、あうんっ」

悩ましい吐息を洩らしつつ、美緒は誠一郎の舌を貪る。

美緒は唇を引いた。唾が糸を引き、それを美緒は啜った。

「ごめんなさい……忘れてください」

唇を引くと現実が戻り、また罪深いことをやってしまったことに気づく。

美緒は誠一郎に背を向けた。すると誠一郎が腕をつかみ、自分のほうに向かせた。力強かった。誠一郎も男なのだと思った。

「もう無理だ。美緒さんの唇、舌、唾の味を知ってしまったんだっ。忘れるなんて、無理だっ」

そう言うと、今度は誠一郎から口吸いをしてきた。口を唇に押しつけると、すぐさま舌を入れてくる。

美緒は舌を引っこめる。が、すぐに自分からからめてしまう。真面目ひとすじの誠一郎の平和な家庭を壊すかもしれないと思うと、躰がぞくぞくして、誠一郎の舌を求めてしまうのだ。

「うっん、うっん、あうんっ」

ぴちゃぴちゃと舌をからめ、お互いの舌を貪り合う。

誠一郎が口を引いた。

「ああ、こんな口吸いはじめてだ。舌がとろけるようだ」

「奥方とは……」

「好恵(よしえ)とはただ唇と合わせているだけだ。こんなに舌をからめたことはない。ああ、唾の味をこんなにおいしいと思ったことはない」

そう言うと、また美緒の唇を奪ってきた。舌をからめてくる。うんうんと誠一郎のほうが、積極的に唾を求めてくる。

そして、小袖(こそで)の上から胸に触れてきた。小袖や肌襦袢(はだジュバン)を通してだったが、せつない刺激を覚え、美緒は、はあっ、と誠一郎の喉に熱い吐息を吹きかけた。

「いけません。これ以上すると……」

「これ以上すると、どうなるんだ」

「離れられなくなります……誠一郎さんの家庭が壊れてしまいます」

「それは……」

「これ以上はなりません。このことは忘れます……」

「ああ、忘れられそうにないよ……」

またも、誠一郎が苦悶の表情に戻る。さきほどまでは、美緒におなごを感じつつも、手を出せない苦悩。今は、とろけるような口吸いを知ってしまったゆえの苦悩だ。

「出ていってください」

「美緒さん……」

「おねがい、出ていって……」

誠一郎の家庭を壊すことなどできなかった。

美緒はなかなか寝つけずにいた。隣には、喜三郎が横になっている。喜三郎も寝られないようだ。でも、手は出してこない。

彦次郎の別邸での美緒の恥態を目にしてから、口吸いさえしてこない。

私は喜三郎に嫌われてしまったのか。南蛮渡来の姫泣きの軟膏を女陰に塗りこめられたとはいえ、美緒は喜三郎の前で、何度も彦次郎の魔羅を求め、よがり泣いてしまった。

愛想をつかすのも不思議ではない。でも、夜の営みはなかったが、喜三郎は優しかった。営みがない以外は、今までの喜三郎だった。

そもそも夫婦になってからは、営みが減っているのだ。それゆえ、彦次郎とのまぐわいに、あの異常な状況でのまぐわいに、狂ってしまったのだ。

目を閉じるとすぐに、あの別邸の恥態が脳裏に浮かぶ。座敷でのまぐわい。あの場には、ゆずというおなごがいた。ともに尻を突き出して、彦次郎の魔羅を求めた。

地下室では、初音やあずみ、そして瑠璃がいる前で、彦次郎の魔羅を口と女陰で貪った。

美緒は隣を見る。腰高障子の破れ穴から月明かりが射しこみ、真っ暗ではない。喜三郎の顔も見える。目を閉じているが、起きているはずだ。

どうして手を出してこないのですか、喜三郎様。美緒の躰は待っているのです。

別邸での恥態を追い払うと、誠一郎との口吸いが脳裏に浮かんでくる。

はあっ、と知らずしらず、甘い吐息を洩らしてしまう。

どうしても、躰のせつない疼きが止まらない。

美緒はそっと寝巻の上から乳房をつかんだ。

「あんっ……」

と、思わず声を出してしまう。乳首が異常にとがっていて、それが寝巻に強くこすれたのだ。

美緒は喜三郎の横顔を見ながら、寝巻越しに揉みはじめる。

「はあっ、あんっ……」

甘い喘ぎが止まらない。喜三郎は目を閉じたままだ。喜三郎の隣で乳房を揉むと、たまらなく感じた。

寝巻越しではもどかしくなり、帯を解くと前をはだける。月明かりに乳房が浮かぶ。恥ずかしいくらい、乳首がしこっている。

自分の指ではなく、喜三郎にいじられたい。喜三郎がいじってくれないのなら、彦次郎、誠一郎に……。

ああ、なんてふしだらなことを考えてしまうのか。

いけない、とはだけた前を合わせる。すると合わせた寝巻に乳首がこすれ、せつない刺激が走る。

「あんっ……」

と、また甘い喘ぎを洩らす。喜三郎を見るが、目を開かない。

美緒はまた前をはだける。今度はすぐに乳房をつかんだ。

「はあっ、あんっ……」

手のひらでとがった乳首を押しつぶすことになり、さらに感じてしまう。こうなると、もう止められない。

左の乳首が、こっちもはやく、とつんととがって震えている。

美緒は右の乳房を揉みつつ、左の乳首を摘まむ。びりびりっと乳首から全身へと刺激が流れる。

「あうっ……」

美緒は躰を反らせていた。反らせつつ、腰をくねらせはじめる。

異常だった。もう、喜三郎との夫婦としてのまぐわいでは燃えないかもしれない。それが怖い。

あっ、と美緒は思った。喜三郎もそれを恐れているのではないのか。美緒とまぐわったとき、地下室のような反応を見せなかったら、夫として失格だと恐れているのではないか……。

違います、喜三郎様。まぐわいだけが、まぐわいの善し悪しだけが、夫婦の善し悪しを決めるものではありません……。

いや、そうだろうか。喜三郎とのまぐわいが味気なかったら、彦次郎のことを思ってしまうのではないのか……。

いや、そもそも喜三郎とまぐわって、燃えないはずがない……私は喜三郎だけを愛しているのだ……。

美緒は右手を下半身へと向けていく。腰巻を取り、割れ目をそっと撫でる。

「はあっ……」

ぶるっと下半身が震える。割れ目だけをなぞっていたが、すぐに我慢できなくなり、おさねを摘まんでしまう。

「はっ、あんっ」

大きな声が出てしまう。隣の奈美だけでなく、裏長屋中に聞こえてしまっただろう。住人はみな、喜三郎に愛されて美緒が声をあげていると思っているだろう。

違うの……喜三郎様は……私に触れてこないの……もう一生、私は自分で自分を慰めるしかないの……。

ああ……魔羅……魔羅が……。

美緒は喜三郎の股間に手を伸ばしていった。

あっ、と目を見張る。下帯越しに喜三郎が、勃起させていることがわかった。

「喜三郎様……」

美緒は喜三郎の寝巻の帯を解き、前をはだけると、下帯に手をかけていく。喜三郎は目を閉じたままだ。

下帯を取ると、弾けるように魔羅があらわれた。

「ああ、喜三郎様……美緒、うれしいです」

美緒を思い、勃起させているのだ。なぜなら、ここには美緒しかいない。初音も瑠璃もいない。美緒だけだ。

美緒は喜三郎の魔羅にしゃぶりついた。おいしい。やっぱり、喜三郎の魔羅だ。

美緒は根元まで咥えこむと、じゅるじゅると唾を塗(まぶ)しつつ、吸いあげていく。

「うう……」

喜三郎がうめいた。

美緒はうんうんうめきつつ、上気させた美貌を上下させる。

欲しくなる。もう、欲しくなる。

美緒は喜三郎の股間から顔を上げると、はだけた寝巻を脱ぎ、裸になった。

月明かりを受けて、絖白(ぬめじろ)い裸体が浮かびあがる。

喜三郎はまだ目を閉じている。手は出してこない。けれど、魔羅は天を衝いている。

美緒は喜三郎の腰を白い太腿(ふともも)で跨(また)ぐと魔羅を逆手でつかみ、腰を落としていく。

割れ目に先端を感じた。それだけで躰が痺(しび)れる。やはり、喜三郎の魔羅だ。

私が欲しいのは、私が感じるのは喜三郎の魔羅だけだ。

美緒はそのまま腰を下げていく。ずぶりと鎌首が入ってきた。

「あうんっ」

そのままずぶずぶと垂直に入ってくる。呑みこんでいく。

あっという間に、喜三郎の魔羅で美緒の女陰はいっぱいになった。

「ああ、喜三郎様……」

美緒は腰をうねらせはじめる。女陰全体で、いや躰全体で喜三郎を貪っていく。

「あ、ああ……ああ……」

喜三郎は動かない。突いてこない。自分だけ腰をうねらせているのがもどかしくなる。

「喜三郎様、突いてください……ああ、おねがいします」

喜三郎は目を閉じたままだ。じっとしている。

「ああ、美緒、喜三郎様の魔羅で気をやりたいのです。ああ、突いてください」

喜三郎は目を開いた。くびれた腰をつかむと、突きあげはじめた。

「いいっ」

一撃で、美緒は歓喜の声をあげた。

喜三郎は力強く、これまでこらえていたぶんも合わせて突きあげてくる。

「いい、いいっ、いいっ」

美緒のよがり声が、お菊長屋に響きわたる。

「喜三郎様の魔羅がいいのっ、ああ、美緒をおゆるしくださいっ……ああ、お殿様の魔羅でよがった美緒をおゆるしくださいっ」

と、お菊長屋中に、喜三郎以外の男とまぐわったことを、よがり泣きまじりに告げる。

「忘れたっ、そのようなことは忘れたぞっ」

「喜三郎様っ、美緒の女陰を喜三郎様の魔羅の形だけに合うように……ああ、突いて、突いて、突きまくってくださいっ」

喜三郎は激しく突きあげてくる。

「いい、いいっ、もっとっ」

美緒はたわわな乳房をたぷんたぷん揺らして、よがり泣く。

「ああ、すごい締めつけだ……ああ、ああっ」

喜三郎の突きの勢いが弱くなる。

「だめっ、もっと突いてっ、突いてくださいっ」

「ああ、出るっ」

喜三郎が叫ぶと同時に、精汁が子宮をたたいてきた。

「あうっ、うんっ」

美緒は軽く気をやり、茶臼で繋がっている裸体を震わせた。どくどくと大量の飛沫を出すと、魔羅が萎えはじめる。

「あんっ、もっとっ」

美緒は思わず、女陰に力を入れる。萎えてはならぬと締める。

「ああっ」

喜三郎がうめく。

まったく物足りない。地下室での、脳髄までもとろけるような快感と比べると、まぐわった気がしない。

「ああ、もっとっ」

美緒はさらなる責めを求めて、下半身をうねらせていった。

五

翌日——喜三郎は屋形船にいた。広い座敷には、喜三郎と真中屋の次女の比奈だけだ。

一花が婿をもらい、姉を取られたような気になっているのか、このところ比奈の元気がないから、川遊びにつきそってやってほしいと、主人の辰右衛門に頼まれたのだ。

辰右衛門に頼まれては断ることもできず、喜三郎は比奈とふたりだけで大川に出ていた。船頭はなじみの弥吉と八五郎だ。このふたりは比奈に手なずけられている。両国橋を上ると、比奈が船頭たちに、障子を閉めるように言った。

「ならんぞっ、比奈さん」

と、障子が閉められる前に、喜三郎は座敷の外に出た。

これ以上、美緒を裏切るわけにはいかぬ。辰右衛門にも悪い。

「私を慰めるためのつきそいでしょう、香坂様」

比奈が隣に立ち、手を握ってくる。

「一花さんが婿をもらってさびしがっているというのは偽りであろう」

「まあ、そんなことはないです。姉さん、毎晩、まぐわっているのですよ。それなのに、私は毎晩、独り寝で寂しいんです」

「比奈さんも嫁に行くとよい」

「まあ、やっかい払いですか」

「そのようなことはないぞ……」

比奈が抱きついてきた。弥吉がそばで棹を持っている。大川に目を向けて、見ないふりをする。

「口吸いを……」

と、比奈が愛らしい顔を寄せてくる。

「ならん」

と、喜三郎は拒む。すると、比奈が離れた。わかってくれたかと思ったが、違っていた。その場で小袖の帯を解きはじめたのだ。

「なにをしているっ」

行きかう船が減っているとはいっても、まったくないわけではないのだ。実際、すぐそばを屋形船が通っている。

比奈が帯を解き、小袖の前をはだけた。肌襦袢は着ておらず、いきなりたわわな乳房があらわれる。目を見張る巨乳である。

「なにをしているっ。座敷に戻るのだっ」

「口吸いをしてくださらないのなら、戻りません」

さらに、比奈は小袖を脱ごうとする。

「ならんっ」

と、喜三郎は半裸の比奈を抱きよせ、そのあごを摘まむと唇を奪った。

すぐさま、比奈が舌を入れてくる。ねちゃねちゃと舌をからめ合う。これでは座敷から出ても意味がなかった。

「あっ……」

と、おなごの声がした。比奈と舌をからめつつ、声がしたほうに目を向けると、さきほどの屋形船が迫っていた。障子が開き、座敷からひとりのおなごがこちらを見ている。

おなごは美貌であった。京人形のようで、思わず喜三郎は見惚(みと)れてしまった。舌が動かないのを変に思ったのか、比奈が唇を引き、喜三郎を見た。喜三郎の視線は比奈にはなく、京人形のようなおなごに向いていた。

「えっ、なに……比奈がいるのに、ほかのおなごに見惚れるなんて」

比奈が小袖を脱ぎ捨てた。腰巻も着けておらず、いきなり裸体があらわれた。

「あっ……」

とまた、京人形のようなおなごが声をあげた。

「なにをしている、比奈さんっ」

喜三郎は比奈に乳房と恥部を隠すように言うが、比奈は隠すどころか、巨乳を揺らし、また喜三郎に抱きついてきた。

自慢の巨乳を喜三郎の胸もとにこすりつけつつ、両腕を伸ばし、口吸いを求めてくる。

喜三郎はちらりと京人形を見る。屋形船はこちらの船に合わせるようにゆったりと動いていて、おなごは座敷の中から変わらず、こちらを見ている。

いったいどういうおなごなのだろうか。着ているものはかなり高価そうだ。そもそもおなごひとりだけのために屋形船を出しているとなると、かなり裕福な家の者であろう。

「喜三郎様っ、比奈のことなんてどうでもいいのですね」

京人形に気を取られている喜三郎にじれて、比奈が裸のまま大川に飛びこもうとした。

「ならぬっ」

と、喜三郎はあわてて、背後より比奈を抱き止める。巨乳を鷲(わし)づかみにすることになる。喜三郎はそのまま、たわわなふくらみを揉んでいく。

「あ、あんっ……」

比奈は巨乳を揉まれる姿を京人形に見せつけ、火の息を吐いている。どうやらこうなることを想定して、飛びこむふりをしたようだ。

「あっ、うそ……」

京人形は目をまるくさせている。が、見せつけられても、目をそらしたりはしない。じっとこちらを見ている。

どういうおなごなのだろうか。男女の乳くり合いを見るのが好きなのか。しかし、生娘のように見える。

「もっと、喜三郎様」

比奈に言われなくても、喜三郎は強く揉みしだいていく。一度、比奈の乳房を揉んでしまったら、もうだめだった。離すことができない。

「はあっ、あんっ、やんっ」

比奈が屋形船の甲板で瑞々(みずみず)しい裸体をくねらせる。

「ああ、魔羅、欲しいです、香坂様」

こちらを向いた比奈が、帯に手をかけてくる。

「座敷に戻ろう」

「いやです。ここがいいです」

そう言って帯を解くと、着物の前をはだけた。ぶ厚い胸板があらわれ、あっ、と京人形が声をあげる。その声を聞いた比奈が、京人形に見せつけるように、喜三郎の胸板を白い手でなぞりはじめる。

右手でなぞりつつ、左手で下帯を脱がせていく。嫁入り前の娘にしては手際がよい。

魔羅があらわれた。

「あっ……うそっ」

喜三郎の魔羅は天を衝いていた。それを見て、京人形が驚きの声をあげている。

「ああ、入れてください。ここで欲しいです」

比奈が魔羅をつかみ、ぐいぐいしごきつつ、そう言う。

「しかし……」

喜三郎は弥吉を見る。弥吉はこちらを見ていた。ずっと目をそらすことは無理な話のようだ。喜三郎とは目が合わない。弥吉の目は、比奈の巨乳に釘(くぎ)づけだ。

「ここで、入れてください」

「座敷に戻ろう。ひと目がある」

「だから、ここがいいのです」

と、比奈が言う。

「戻ろう……」

「お父様に言いつけます」

「な、なにをだ……」

「香坂様が、屋形船で比奈を無理やり犯したと」

「ばかな……」

「ねえ、弥吉、あなた、見たでしょう」

と、比奈が聞く。

「見ました、お嬢様」

と、弥吉がうなずく。

喜三郎は比奈の尻たぼをつかんだ。京人形を乗せた屋形船はかなり迫っている。

京人形はずっとこちらを見ている。

「入れて、香坂様」

喜三郎は尻たぼを開くと、鋼(はがね)のような魔羅を進めていく。鎌首が蟻(あり)の門渡(とわた)りを通っただけで、比奈が、あんっ、と声をあげる。

京人形に見られて、かなり敏感になっているようだ。

「参るぞ」

喜三郎は京人形を見ながら、比奈の割れ目を突いていった。ずぶりとめりこむ。

「あうっ」

比奈の裸体が震える。そのまま、ずぶずぶと突き刺していく。

「あ、あああっ、大きいっ、ああ、大きいのっ」

比奈が歓喜の声をあげる。喜三郎は尻たぼに五本の指を食いこませると、抜き差しをはじめた。立ったままの状態で、うしろより大店の娘の女陰を突きまくる。

「いい、いいいっ、いいいっ」

比奈が大川に向かって叫ぶ。

女陰がくいくい締まる。それをえぐるように、喜三郎は激しく突いていく。

「あ、あああっ、すごいっ、すごいですっ。ああ、比奈、獣になったようですっ」

比奈がそう叫ぶと、京人形が身を乗り出してきた。獣という言葉に反応したのか。

喜三郎は比奈のよがり声よりも、京人形の反応に煽られ、さらに激しく突いていく。腰骨が尻たぼに当たり、ぱんぱんっと音がする。

「いい、いいいっ、すごいっ」

「獣かっ」

「ああっ、獣ですっ……ああ、外でうしろから突かれて……比奈は獣ですっ」

京人形の目が光っている。食い入るようにこちらを見ている。

「ああ、もう、いきそうですっ……ああ、香坂様っ……いきそうですっ」

「もう気をやるのか、比奈っ、はやいぞっ」

喜三郎は突きをゆるめ、両手を前に伸ばし、比奈の巨乳を京人形に見せつけるように、こねるように揉んでいく。

すると、京人形が自らの胸もとに、そっと手を置いた。とても高貴な雰囲気のおなごゆえ、そんな仕草だけでも興奮する。

「あっ、大きくなった……ああ、あのおなごを見て大きくしたんですね。ひどいっ」

「そのようなことはないぞ」

喜三郎は抜き差しを強めていく。

「あ、あああっ、いい、いいっ……いきそう、あああ、いっちゃいそうですっ」

喜三郎はとどめを刺すべく、子宮をたたいた。

「ひいっ、いくいくっ」

比奈は汗ばんだ裸体をがくがくと痙攣させて、その場に膝を落としていく。すると、女陰から魔羅が抜けた。

びんびんの魔羅が弾けるようにあらわれる。比奈の蜜でぬらぬらだ。

「ああ……」

それを京人形がじっと見つめている。

「あの……喜三郎様ですよね」

京人形が座敷から身を乗り出し、そう聞いてきた。

「えっ、確かにわしは喜三郎だが……」

「思っていた以上のお方ですね」

「なにゆえ、わしのことを……まさか、わしに会いに……」

「はい。初音姫を獣にされたのはどんなお方なのか、お会いしたくてたまらなくなって……こうして、参りました」

「あなたは」

「百合と申します」

「百合……姫なのか」

「はい、姫です。ではまた、喜三郎様」

京人形を乗せた屋形船が離れていく。それを喜三郎は呆然と見つめる。

百合姫……初音姫を獣にした男……それがわしだというのか……。

魔羅に比奈がしゃぶりついてきた。うんうんうめいてしゃぶると、唇を引いた。

「初音姫とは違う姫なのですね。香坂様、どうしてそんなに姫とお知り合いなのですか。浪人なんでしょう」

「そうだ。浪人だ」

そもそも仕官していても、姫と言葉を交わすことさえないだろう。それなのに、幸田藩二万五千石の姫とはまぐわい、今も、どこぞの姫に名を知られている。

「比奈のことなんて、お忘れになりますよね」

「そのようなことはないぞ。ほら、立て。もっと突いてやろうぞ」

うれしいです、と比奈は立ちあがり、こちらに尻を向けた。喜三郎は遠ざかっていく百合を乗せた屋形船を見ながら、比奈の中に入れていった。

「いいっ」

と、比奈の声が大川に響きわたった。

六

百合の心の臓はずっと高鳴っていた。

香坂喜三郎。初音を獣にした男。想像していた以上の男だった。立ったまま、うしろから突かれているおなごは獣だった。

あのおなごを見ながら、うらやましいと思った。すぐにでも、あのおなごと代わりたいと思った。代わって、大川に向かってよがり声をあげたいと思った。

黒崎藩の高時ではなく、あの浪人者に生娘の花を散らされたいと思った。

「ああ、喜三郎様……」

百合は遠ざかっていく屋形船を見つめる。

また、おなごをうしろから突いている。おなごのよがり声がここまで聞こえてくる。

なんて自由なのだろう。私のような籠の鳥とは違う。どこでも好きなところで鳴くことができる。

「いい、いいっ」

喜三郎の激しい突きに、比奈がよがり泣きつづけている。

「ああ、出そうだっ、比奈さんっ」

「くださいっ、ああ、比奈にくださいっ」

比奈の女陰が、喜三郎の魔羅を食(く)いしめてくる。

「おうっ、出るっ」

喜三郎は雄叫(おたけ)びをあげて、比奈に射精させた。

「あっ、いく、いくいくっ」

比奈の裸体が痙攣する。

おうっ、と喜三郎の雄叫びが聞こえてきた。

おなごの裸体が痙攣している。

「ああ、喜三郎様も獣なのね……ああ、はやく、私も……鳴きたい」

百合は熱いため息を洩らし、小袖の上からぱんぱんに張った乳房をつかんでいった。

「あんっ……」

とがった乳首がこすれて、百合は甘い喘ぎを洩らした。

瞳を閉じると、百合の脳裏には、喜三郎に突かれてよがっている自分の恥態が、とても生々しく浮かんだ。

コスミック・時代文庫

お世継姫と達人剣
越後の百合花

2022年12月25日　初版発行

【著 者】
八神淳一

【発行者】
相澤　晃

【発 行】
株式会社コスミック出版
〒154-0002 東京都世田谷区下馬 6-15-4
代表　TEL.03(5432)7081
営業　TEL.03(5432)7084
FAX.03(5432)7088
編集　TEL.03(5432)7086
FAX.03(5432)7090

【ホームページ】
http://www.cosmicpub.com/

【振替口座】
00110-8-611382

【印刷／製本】
中央精版印刷株式会社

乱丁・落丁本は、小社へ直接お送り下さい。郵送料小社負担にて
お取り替え致します。定価はカバーに表示してあります。

ISBN978-4-7747-6440-5 C0193